AF816126

बहुत दिनों से सोच रही थी—
रसीदी टिकट का कायाकल्प कर दूँ
कई घटनाएँ जब घट रही होती हैं
अभी-अभी लगे ज़ख़्मों-सी
तब उनकी कोई कसक अक्षरों में उतर जाती है…

लेकिन वक़्त पाकर अहसास होता है कि ये बातें
लम्बे समय के लिए साहित्य को कुछ नहीं दे पाएँगी…
ये वक़्ती आँधियाँ होती हैं
इसलिए कई बातें इस तरह लगने लगीं,
जो मेरी अपनी नज़र में—
अपनी उम्र बिता चुकी हैं—
इस नज़रसानी से—
'रसीदी टिकट' के चिंतन में कोई कमी नहीं आई,
बल्कि कई और बातें, जो स्मरण हो आईं,
उसके साथ-साथ चल दी हैं…

—अमृता

रसीदी टिकट

आत्मकथा

अमृता प्रीतम

प्रकाशक
किताब घर
24/4860-62, प्रथम तल,
अंसारी रोड, दरियागंज
नई दिल्ली-110002

© अमृता प्रीतम

संस्करण : 2026

आवरण : इमरोज़

मूल्य : दो सौ अस्सी रुपये

मुद्रक : बालाजी ऑफसेट
नवीन शाहदरा, दिल्ली-110032

RASEEDI TICKET (Authobiography in Hindi)
by Amrita Pritam

Price : ₹ 280

ISBN—978-81-7016-066-3

परछाइयों को पकड़ने वालो !
छाती में जलती हुई आग की
परछाईं नहीं होती···

—**अमृता**

क्या यह क़यामत का दिन है ?

ज़िन्दगी के कई वे पल, जो वक़्त की कोख से जन्मे, और वक़्त की क़ब्र में गिर गए, आज मेरे सामने खड़े हैं…

ये सब क़ब्रें कैसे खुल गईं ? और ये सब पल जीते-जागते क़ब्रों में से कैसे निकल आए ?

यह ज़रूर क़यामत का दिन है…

यह 1918 की क़ब्र में से निकला हुआ एक पल है—मेरे अस्तित्व से भी एक बरस पहले का । आज पहली बार देख रही हूँ, पहले सिर्फ़ सुना था ।

मेरे माँ-बाप दोनों पंचखंड भसोड़ के स्कूल में पढ़ाते थे । वहाँ के मुखिया बाबू तेजासिंह की बेटियाँ उनके विद्यार्थियों में थीं । उन बच्चियों को एक दन न जाने क्या सूझी, दोनों ने मिलकर गुरुद्वारे में कीर्तन किया, प्रार्थना की, और प्रार्थना के अंत में कह दिया, 'दो जहानों के मालिक ! हमारे मास्टरजी के घर एक बच्ची बख़्श दो ।'

भरी सभा में पिताजी ने प्रार्थना के ये शब्द सुने, तो उन्हें मेरी होने वाली माँ पर गुस्सा आ गया । उन्होंने समझा कि उन बच्चियों ने उसकी रज़ामन्दी से यह प्रार्थना की है, पर माँ को कुछ मालूम नहीं था । उन्हीं बच्चियों ने ही बाद में बताया कि हम राज बीबी से पूछतीं, तो वह शायद पुत्र की कामना करतीं, पर वे अपने मास्टरजी के घर लड़की चाहती हैं, अपनी ही तरह एक लड़की ।

यह पल अभी तक उसी तरह चुप है—क़ुदरत के भेद को होंठों में बंद करके हौले से मुस्कराता, पर कहता कुछ नहीं । उन बच्चियों ने यह प्रार्थना क्यों की ? उनके किस विश्वास ने सुन ली ? मुझे कुछ नहीं मालूम, पर यह सच है कि साल के अंदर राज बीबी 'राज माँ' बन गईं ।

उससे भी दस बरस पहले—

समय की क़ब्र में सोया हुआ एक वह पल जाग उठा है, जब बीस बरस की राज बीबी ने गुजराँवाला में साधुओं के डेरे में माथा टेका था और उसकी नज़र कुछ उतने ही बरस के एक 'नंद' नाम के साधु पर जा पड़ी थी ।

साधु नंद साहूकारों का लड़का था । जब छह महीने का था, तब माँ 'लक्ष्मी' मर

गई थी । उसकी नानी ने उसे अपनी गोद में डाल लिया था और अनाज फटकने वाली एक औरत के दूध पर पाल लिया था । नंद के चार बड़े भाई थे और एक बहन—पर भाइयों में से दो मर गए, एक भाई 'गोपालसिंह' घर-गृहस्थी छोड़कर शराबी हो गया, और एक 'हाकिमसिंह' साधुओं के डेरे में जाकर बैठ गया । नंद का सारा स्नेह अपनी बहन 'हाको' से हो गया था ।

बहन बड़ी थी, बेहद खूबसूरत । जब ब्याह हुआ तब अपने पति बेलासिंह को देखकर उसने एक ज़िद पकड़ ली कि उससे उसका कोई संबंध नहीं । गौने पर ससुराल जाने की जगह उसने अपने मायके में एक तहख़ाना खुदवा लिया, और चालीसा खींच लिया । गेरुआ बाना पहन लिया । रात को कच्चे चने पानी में भिगो देती और दिन में खा लेती । नंद ने भी बहन की रीस में गेरुए वस्त्र पहन लिए, पर बहन बहुत दिन जीवित नहीं रही । उसकी मृत्यु से नंद को लगा कि संसार से सच्चा वैराग्य उसे अब हुआ है । अपने साहूकार नाना सरदार अमरसिंह सचदेव को मिली हुई भारी जायदाद को त्यागकर वह सन्त दयालजी के डेरे में जा बैठा । संस्कृत सीखी, ब्रजभाषा सीखी, हिकमत सीखी और डेरे में 'बालका साधु' कहलाने लगा । बहन जब जीवित थी, मामा-मामी ने कहीं अमृतसर में नंद की सगाई कर दी थी, नंद ने वह सगाई छोड़ दी और वैरागी होकर कविताएँ लिखने लगा ।

राज बीबी गाँव माँगा, ज़िला गुजरात की थीं—अदला-बदली में ब्याही हुई । जिससे ब्याह हुआ था, वह फ़ौज में भरती होकर गया था, फिर उसकी कोई ख़बर नहीं आई । उदास और निराश वह गुजराँवाला के एक छोटे-से स्कूल में पढ़ाती थीं । स्कूल जाने से पहले अपनी भाभी के साथ दयालजी के डेरे में माथ टेकने आया करती थीं । भाई मर गया था, भाभी विधवा थी, पर अब दोनों अकेली और उदास, एक स्कूल में पढ़ाती थीं, एक साथ रहती थीं । एक दिन जब दोनों दयालजी के डेरे में आईं, जोर से मेंह बरसने लगा । दयालजी ने मेंह का समय बिताने के लिए अपने 'बालका साधु' से कविता सुनाने के लिए कहा । वह सदा आँखें मूँदकर कविता सुना करते थे । एक दिन जब आँखें खोलीं तो देखा—उनके नंद की आँखें राज बीबी के मुँह की तरफ़ भटक रही हैं । कुछ दिनों बाद राज बीबी की व्यथा सुनी और नंद से कहा, 'नंद बेटा, जोग तुम्हारे लिए नहीं है । यह भगवे वस्त्र त्याग दो और गृहस्थ आश्रम में पैर रखो ।'

यही राज बीबी मेरी माँ बनीं और नंद साधु मेरे पिता । नंद ने जब गृहस्थ आश्रम स्वीकार किया, अपना नाम करतारसिंह रख लिया । कविता लिखते थे, इसलिए एक उपनाम भी—पीयूष ! दस वर्ष बाद जब मेरा जन्म हुआ, उन्होंने पीयूष शब्द का पंजाबी में उल्था करके मेरा नाम अमृत रख दिया और अपना उपनाम 'हितकारी' रख लिया ।

फ़कीरी और अमीरी दोनों मेरे पिता के स्वभाव में थीं । माँ बताया करती थीं—एक बार उनका एक गुरु-भाई (सन्त दयालजी का एक और चेला) सन्त हरनामसिंह कहने लगा कि उसका बड़ा भाई ब्याह करवाना चाहता है । अच्छी-भली सगाई होते-होते रह गई, क्योंकि उसके पास रहने के लिए अपना मकान नहीं है । पिताजी के पास अभी भी अपने नाना की जायदाद में से एक मकान बचा हुआ था, कहने लगे, 'अगर इतनी-सी बात के पीछे उसका ब्याह नहीं होता, तो मैं अपना मकान उसके नाम लिख देता हूँ'—और अपना एकमात्र मकान उसके नाम लिख गया, फिर सारी उम्र किराए के मकानों में रहे, अपना मकान नहीं बना सके, पर मैंने उनके चेहरे पर कोई शिकन कभी नहीं देखी ।

पर मैंने उनके चेहरे पर एक बहुत बड़ी पीड़ा की रेखा देखी—मैं कोई दस-ग्यारह बरस की थी, माँ मर गईं । वह जीवन से फिर विरक्त हो गए, पर मैं उनके लिए एक बहुत बड़ा बंधन थी । मोह और वैराग्य दोनों उन्हें एक-दूसरे से विपरीत दिशा में खींचते थे । कई पल ऐसे भी आते थे—मैं बिलख उठती, मेरी समझ में नहीं आता था मैं उन्हें स्वीकार थी या अस्वीकार···

अपना अस्तित्व—एक ही समय में चाहा और अनचाहा लगता था···

क़ाफ़िये-रदीफ़ का हिसाब समझाकर मेरे पिता ने चाहा था मैं लिखूँ । लिखती रही—मेरा ख़याल है पिता की नज़र में जितनी भी अनचाही थी, वह भी चाही बनने के लिए ।

यह एक वह पल है···

जब घर में तो नहीं, पर रसोई में नानी का राज होता था । सबसे पहला विद्रोह मैंने उसके राज में किया था । देखा करती थी कि रसोई की एक परछत्ती पर तीन गिलास, अन्य बरतनों से हटाए हुए, सदा एक कोने में पड़े रहते थे । ये गिलास सिर्फ़ तब परछत्ती से उतारे जाते थे जब पिताजी के मुसलमान दोस्त आते थे और उन्हें चाय या लस्सी पिलानी होती थी और उसके बाद माँज-धोकर फिर वहीं रख दिए जाते थे ।

सो, उन तीन गिलासों के साथ मैं भी एक चौथे गिलास की तरह रिल-मिल गई और हम चारों नानी से लड़ पड़े । वे गिलास भी बाक़ी बरतनों को नहीं छू सकते थे, मैंने भी ज़िद पकड़ ली कि मैं और किसी बरतन में न पानी पीऊँगी, न दूध-चाय । नानी उन गिलासों को ख़ाली रख सकती थी, लेकिन मुझे भूखा या प्यास नहीं रख सकती थी, सो बात पिताजी तक पहुँच गई । पिताजी को इससे पहले पता नहीं था कि कुछ गिलास इस तरह अलग रखे जाते हैं । उन्हें मालूम हुआ, तो मेरा विद्रोह सफल हो गया । फिर न कोई बरतन हिन्दू रहा, न मुसलमान ।

उस पल न नानी जानती थी, न मैं, कि बड़े होकर ज़िन्दगी के कई बरस जिससे मैं इश्क़ करूँगी वह उसी मज़हब का होगा, जिस मज़हब के लोगों के लिए घर के बरतन भी अलग रख दिए जाते थे। होनी का मुँह अभी देखा नहीं था, पर सोचती हूँ, उस पल कौन जाने उसकी ही परछाईं थी, जो बचपन में देखी थी···

परछाइयाँ

परछाइयाँ बहुत बड़ी हक़ीक़त होती हैं।

चेहरे भी हक़ीक़त होते हैं। पर कितनी देर ? परछाइयाँ, जितनी देर तक आप चाहें···चाहें तो सारी उम्र। बरस आते हैं, गुज़र जाते हैं, रुकते नहीं, पर कई परछाइयाँ, जहाँ कभी रुकती हैं, वहीं रुकी रहती हैं···

यूँ तो हर परछाईं किसी काया की परछाईं होती है, काया की मोहताज, पर कई परछाइयाँ ऐसी भी होती हैं, जो इस नियम के बाहर होती हैं, काया से भी स्वतंत्र।

और यूँ भी होता है कि हर परछाईं न जाने कहाँ से, और किस काया से टूटकर तुम्हारे पास आ जाती है, और तुम उस परछाईं को लेकर दुनिया में घूमते रहते हो और खोजते रहते हो कि यह जिस काया से टूटी है वह कौन-सी है ?···ग़लतफ़हमियों का क्या है ? हो जाती हैं। तुम यह परछाईं ग़ैरों के गले से लगाकर भी देखते हो, न जाने उसी के माप की हो ! नहीं होती, न सही, तुम फिर उसे—अँधेरे-से को—पकड़कर वहाँ से चल देते हो···

मेरे पास भी एक परछाईं थी।

नाम से क्या होता है, उसका एक नाम भी रख लिया था—राजन ! घर में एक नियम था कि सोने से पहले कीर्तन सोहिले[1] का पाठ करना होता था, इसके संबंध में पिताजी का विश्वास था कि जैसे-जैसे इसे पढ़ते जाते हो तुम्हारे गिर्द एक क़िला बनता जाता है, और पाठ के समाप्त होते ही तुम चारी रात एक क़िले की सुरक्षा में रहते हो, और फिर सारी रात बाहर से किसी की मजाल नहीं होती कि वह उस क़िले में प्रवेश कर सके। तुम हर प्रकार की चिंता से मुक्त होकर सारी रात सो सकते हो।

यह पाठ सोते समय करना होता था। आँखें नींद से भरी होती थीं, इतनी कि नींद

1. गुरु ग्रंथ का एक अंश विशेष।

के ग़लबे में यह अधूरा भी रह सकता था। सो, इस संबंध में उनका कहना था कि अंतिम पंक्ति तक इसे पूरा करना ही है। अगर अंतिम पंक्तियाँ छूट जाएँ, तो क़िलेबंदी में कोई कोर-कसर रह जाती है, इसलिए वह पूरी रक्षा नहीं कर सकता। सो अंतिम पंक्ति तक यह पाठ करना होता था।

बहुत बच्ची थी। चिंता हुई कि इस पाठ के बाद मेरे गिर्द क़िला बन जाएगा, तो फिर राजन मेरे सपने में किस तरह आएगा ? मैं क़िले के अंदर होऊँगी, वह क़िले के बाहर रह जाएगा··· सो, सोचा कि पाठ कंठस्थ है, अपनी चारपाई पर बैठकर धीरे-धीरे करना है, मैं याद से इसकी कुछ पंक्तियाँ छोड़ दिया करूँगी, क़िला पूरी तरह बंद नहीं होगा, और वह उस खुली जगह से होकर आ जाएगा···

पर पिताजी ने इस नियम का रूप बदल दिया। इसकी जगह सब अपनी-अपनी चारपाई पर बैठकर अपना-अपना पाठ करें, उन्होंने यह नियम बना दिया कि मैं अपनी चारपाई पर बैठकर ऊँचे स्वर में पाठ करूँगी, और सब अपनी-अपनी चारपाई पर बैठ उसे सुनेंगे। यह शायद इसलिए कि दूर रिश्ते में एक लड़का और एक छोटी बच्ची पिताजी के पास ही रहते और पढ़ते थे, और उस छोटी बच्ची को यह पाठ याद नहीं होता था।

सो पाठ की कोई भी पंक्ति छोड़ी नहीं जा सकती थी। एक-दो बार छोड़ने की कोशिश की, पर पिताजी ने भूल की शोध करवाकर वे पंक्तियाँ भी पढ़वा दीं। फिर बहुत सोचकर यह युक्ति निकाली कि 'कीर्तन सोहिले' का पाठ करने से पहले मैं राजन को ध्यान करके उसे अपने पास बुला लिया करूँ, ताकि वह क़िले की दीवारों के निर्माण होने से पहले ही क़िले के अंदर आ जाया करे।

31 जुलाई, 1930

कोई ग्यारह बरस की थी, जब अचानक एक दिन माँ बीमार हो गईं। बीमारी कोई मुश्किल से एक सप्ताह रही होगी, जब मैंने देखा कि माँ की चारपाई के इर्द-गिर्द बैठे हुए सभी के मुँह घबराए हुए थे।

'मेरी बिन्ना कहाँ है ?' कहते हैं, एक बार मेरी माँ ने पूछा था और जब मेरी माँ की सहेली प्रीतम कौर मेरा हाथ पकड़कर मुझे माँ के पास ले गईं तो माँ को होश नहीं था।

'तू ईश्वर का नाम ले, री ! कौन जाने उसके मन में दया आ जाए। बच्चों का कहा वह नहीं टालता···' मेरी माँ की सहेली, मेरी मौसी, ने मुझसे कहा।

माँ की चारपाई के पास खड़े हुए मेरे पैर पत्थर के हो गए । मुझे कई वर्षों से ईश्वर से ध्यान जोड़ने की आदत थी, और अब जब एक सवाल भी सामने था, ध्यान जोड़ना कठिन नहीं था । मैंने न जाने कितनी देर अपना ध्यान जोड़े रखा और ईश्वर से कहा— 'मेरी माँ को मत मारना ।'

माँ की चारपाई से अब माँ की पीड़ा से कराहती हुई आवाज़ नहीं आ रही थी, पर इर्द-गिर्द बैठे हुए लोगों में एक खलबली-सी पड़ गई थी । मुझे लगता रहा— 'बेकार ही सब घबरा रहे हैं, अब माँ को पीड़ा नहीं हो रही है । मैंने ईश्वर से अपनी बात कह दी है—वह बच्चों का कहा नहीं टालता ।'

और फिर माँ की चीख़ों की आवाज़ नहीं आई, पर सारे घर की चीख़ें निकल गईं । मेरी माँ मर गई थीं । उस दिन मेरे मन में रोष उबल पड़ा— 'ईश्वर किसी की नहीं सुनता, बच्चों की भी नहीं ।'

यह वह दिन था, जिसके बाद मैंने अपना वर्षों का नियम छोड़ दिया । पिताजी की आज्ञा बड़ी कठोर होती थी, पर मेरी ज़िद ने उनकी कठोरता से टक्कर ले ली :

'ईश्वर कोई नहीं होता ।'

'ऐसे नहीं कहते ।'

'क्यों ?'

'वह नाराज़ हो जाता है ।'

'तो हो जाए, मैं जानती हूँ ईश्वर कोई नहीं है ।'

'तू कैसे जानती है ?'

'अगर वह होता, तो मेरी बात न सुनता ?'

'तूने उससे क्या कहा था ?'

'मैंने उससे कहा था, मेरी माँ को मत मारना ।'

'तूने उसे कभी देखा है ? वह दिखाई थोड़े ही देता है ।'

'पर उसे सुनाई भी नहीं देता ?'

पूजा-पाठ के लिए पिताजी की आज्ञा अपनी जगह पर अड़ी हुई थी, और मेरी ज़िद अपनी जगह । कभी उनका गुस्सा ही उबल पड़ता, और वह मुझे पालथी लगवाकर बिठा देते— 'दस मिनट आँखें मीचकर ईश्वर का चिंतन कर !'

बाहर जब शारीरिक तौर पर मेरी बचकानी उम्र उनके पितृ-अधिकार से टक्कर न ले सकती, तब मैं आलथी-पालथी मारकर बैठ जाती, आँखें मीच लेती, पर अपनी हार को अपने मन को रोष बना लेती— 'आँख मीचकर अगर मैं ईश्वर का चिंतन न करूँ, तो पिताजी मेरा क्या कर लेंगे ? जिस ईश्वर ने मेरी वह बात नहीं सुनी, अब मैं उससे कोई

बात नहीं करूँगी । उसके रूप का भी चिंतन नहीं करूँगी । अब मैं आँखें मीचकर अपने राजन का चिंतन करूँगी । वह मेरे साथ सपने में खेलता है, मेरे गीत सुनता है, वह कागज़ लेकर मेरी तसवीर बनाता है—बस, उसकी का ध्यान करूँगी, उसी का ।'

ये वे दिन थे, जिनके बाद मैंने कई दिन नहीं, कई महीने नहीं, कई बरस दो सपनों में गुज़ार दिए । रोज़ रात को मेरे पास आना इन सपनों का नियम बन गया । गर्मी जाए, जाड़ा जाए, इन्होंने कभी नाग़ा नहीं किया ।

एक सपना था कि एक बहुत बड़ा क़िला है और लोग मुझे उसमें बंद कर देते हैं । बाहर पहरा होता है । भीतर कोई दरवाज़ा नहीं मिलता । मैं क़िले की दीवारों को उँगलियों से टटोलती रहती हूँ, पर पत्थर की दीवारों का कोई हिस्सा भी नहीं पिघलता ।

सारा क़िला टटोल-टटोलकर जब कोई दरवाज़ा नहीं मिलता, तो मैं सारा ज़ोर लगाकर उड़ने की कोशिश करने लगती हूँ ।

मेरी बाँहों का इतना ज़ोर लगता है, इतना ज़ोर लगता है कि मेरी साँस चढ़ जाती है ।

फिर मैं देखती हूँ मेरे पैर धरती से ऊपर उठने लगते हैं । मैं ऊपर होती जाती हूँ, और ऊपर, और फिर क़िले की दीवार से भी ऊपर हो जाती हूँ ।

सामने आसमान आ जाता है । ऊपर से मैं नीचे निगाह डालती हूँ । क़िले का पहरा देने वाले घबराए हुए हैं, गुस्से में बाँहें हिलाते हुए, पर मुझ तक किसी का हाथ नहीं पहुँच सकता ।

और दूसरा सपना था कि लोगों की एक भीड़ मेरे पीछे है । मैं पैरों से पूरी ताक़त लगाकर दौड़ती हूँ । लोग मेरे पीछे दौड़ते हैं । फ़ासला कम होता जाता है और मेरी घबराहट बढ़ती जाती है । मैं और ज़ोर से दौड़ती हूँ, और ज़ोर से, और सामने दरिया आ जाता है ।

मेरे पीछे आने वाली लोगों की भीड़ में खुशी बिखर जाती है—'आगे कहाँ जाएगी ? आगे कोई रास्ता नहीं है, आगे दरिया बहता है…'

और मैं दरिया पर चलने लगती हूँ । पानी बहता रहता है, पर जैसे उसमें धरती जैसा सहारा आ जाता है । धरती तो पैरों को सख़्त लगती है । यह पानी नरम लगता है और मैं चलती जाती हूँ ।

सारी भीड़ किनारे पर रुक जाती है । कोई पानी में पैर नहीं डाल सकता । अगर कोई डालता है, तो डूब जाता है, और किनारे पर खड़े होकर लोग घूरकर देखते हैं, किचकिचियाँ भरते हैं, पर किसी का हाथ मुझ तक नहीं पहुँच पाता ।

सोलहवाँ साल

सोलहवाँ साल आया—एक अजनबी की तरह । पास आकर भी एक दूरी पर खड़ा रहा । मैं चुपचाप उसकी ओर देख लेती, वह कभी मुस्कराकर मेरी ओर देख लेता ।

घर में पिताजी के सिवाय कोई नहीं था—वह भी लेखक जो सारी रात जागते थे, लिखते थे, और सारे दिन सोते थे । माँ जीवित होतीं, तो शायद सोलहवाँ साल और तरह से आता—परिचितों की तरह, सहेलियों-दोस्तों की तरह, सगे-संबंधियों की तरह, पर माँ की ग़ैरहाज़िरी के कारण ज़िन्दगी में से बहुत कुछ ग़ैरहाज़िर हो गया था । आसपास के अच्छे-बुरे प्रभावों से बचाने के लिए पिताजी को इसमें ही सुरक्षा समझ में आई थी कि मेरा कोई परिचित न हो, न स्कूल की कोई लड़की, न पड़ोस का कोई लड़का । सोलहवाँ बरस भी इसी गिनती में शामिल था, और मेरा ख़याल है, इसीलिए वह सीधी तरह घर का दरवाज़ा खटखटाकर नहीं आया था, चोरों की तरह आया था ।

वह कभी किसी रात मेरे सिरहाने की खुली खिड़की में से होकर चुपचाप मेरे सपनों में आ जाता, या कभी दिन के समय, जब मेरे पिता को सोए हुए देखता, तो वह घर की दीवार फाँदकर आ जाता, और मेरे कमरे के कोने में लगे हुए छोटे-से शीशे में आकर बैठ जाता ।

घर किताबों से भरा हुआ था । बहुत-सी किताबों का वातावरण धार्मिक था, समाधि में लीन ऋषियों की भाँति । पर कई ऐतिहासिक पुस्तकों का वातावरण ऐसा भी था, जिनमें किसी मेनका या उर्वशी के आगमन से ऋषियों की समाधि भंग हो जाती थी । यह दूसरे प्रकार की पुस्तकें ऐसी थीं, जिन्हें पढ़ते समय उनकी किसी पंक्ति में से निकलकर अचानक मेरा सोलहवाँ बरस मेरे सामने आ खड़ा होता था । लगता था यह सोलहवाँ बरस भी जैसे किसी अप्सरा का रूप था, जो मेरे सीधे-सादे बचपन की समाधि भंग करने के लिए कभी अचानक मेरे सामने आ खड़ा होता था···

कहते हैं ऋषियों की समाधि भंग करने के लिए जो अप्सराएँ आती थीं, उसमें राजा इन्द्र की साज़िश होती थी । मेरा सोलहवाँ बरस भी अवश्य ही ईश्वर की साज़िश रहा होगा, क्योंकि इसने मेरे बचपन की समाधि तोड़ दी थी । मैं कविताएँ लिखने लगी थी और हर कविता मुझे वर्जित इच्छा की तरह लगती थी । किसी ऋषि की समाधि टूट जाए, तो भटकने का शाप उसके पीछे पड़ जाता है—'सोचों' का शाप पीछे पड़ गया···

पर सोलहवें वर्ष से मेरा स्वाभाविक संबंध नहीं था—चोरी का रिश्ता था । इसलिए

वह भी मेरी तरह मेरे पिता के आगे सहम जाता था, और मेरे पास से परे हटकर किसी दरवाज़े के पीछे जाकर खड़ा हो जाता था, और उसे छिपाए रखने के लिए मैं एक क्षण जो मन मर्ज़ी की कविता लिखती थी, दूसरे क्षण फाड़ देती थी और पिता के सामने फिर सीधी-सादी और आज्ञाकारी बच्ची बन जाती थी ।

मेरे पिता को मेरे कविता लिखने पर आपत्ति नहीं थी, बल्कि क़ाफ़िये-रदीफ़ की बात मुझे मेरे पिता ने सिखायी थी, केवल उनका आग्रह था कि मैं धार्मिक कविताएँ लिखूँ, और मैं आज्ञाकारी बच्ची की तरह वही दक़ियानूसी कविताएँ लिख देती थी (उम्र के सोलहवें साल में हर विश्वास पारंपरिक होता है, और इसीलिए दक़ियानूसी भी) ।

इस तरह सोलहवाँ वर्ष आया और चला गया । प्रत्यक्ष रूप में कोई घटना नहीं घटी । वास्तव में यह वर्ष आयु की सड़क पर लगा हुआ ख़तरे का चिह्न होता है (कि बीते वर्षों की सपाट सड़क ख़त्म हो गई है, आगे ऊँची-नीची और भयानक मोड़ों वाली सड़क शुरू होनी है, और अब माता-पिता के कहने से लेकर स्कूल की पुस्तकें कंठस्थ करने, उपदेश को सुनने-मानने और सामाजिक व्यवस्था को आदर-सहित स्वीकार करने के भोले-भाले विश्वास के सामने हर समय एक प्रश्न-वाक्य आ खड़ा होगा···) । इस वर्ष जाना-पहचाना सब कुछ शरीर के वस्त्रों की तरह तंग हो जाता है, होंठ ज़िन्दगी की प्यास से ख़ुश्क हो जाते हैं, आकाश के तारे, जिन्हें सप्तर्षियों के आकार में देखकर दूर से प्रणाम करना होता था, पास जाकर छू लेने को जी करता है···इर्द-गिर्द और दूर-पास की हवा में इतनी मनाहियाँ और इतने इनकार होते हैं और इतना विरोध कि साँसों में आग सुलग उठती है···

जिस हद तक यह सब औरों के साथ होता है, मेरे साथ उससे तिगुना हुआ । (एक, आसपास की मध्य श्रेणी का फीका और रस्मी रहन-सहन; दूसरे, माँ के न होने के कारण हर समय मनाहियों का सिलसिला, और तीसरे, पिता के धार्मिक अगुआ होने की हैसियत में मुझ पर भी अत्यंत संयमी होकर रहने की पाबंदी) इसलिए सोलहवें वर्ष से मेरा परिचय उस असफल प्रेम की तरह था, जिसकी कसक सदा के लिए कहीं पड़ी रह जाती है और शायद इसीलिए वह सोलहवाँ वर्ष भी अब मेरी ज़िन्दगी के हर वर्ष में कहीं-न-कहीं शामिल है···

इसके रोष का पूरा रूप मैंने उसके बाद कई बार देखा । 1947 में देश के विभाजन के समय भी देखा । सामाजिक, राजनीतिक और धार्मिक मूल्य काँच के बरतनों की भाँति टूट गए थे और उनकी किरचें लोगों के पैरों में बिछी हुई थीं । ये किरचें मेरे पैरों में भी चुभी थीं और मेरे माथे में भी । ज़िन्दगी का मुँह देखने की भटकन में मैंने उसी तपिश के साथ कविताएँ लिखीं, जिस तपिश के साथ कोई सोलहवें वर्ष में अपने प्रिय का मुख

देखने के लिए लिखता है, और इसी तरह फिर पड़ोसी देशों के आक्रमण के समय, वियतनाम की लम्बी यातना के समय, चेकोस्लोवाकिया की विवशता के समय···

मेरा ख़याल है जब तक आँखों में कोई हसीन तसव्वुर क़ायम रहता है, और उस तसव्वुर की राह में जो कुछ भी ग़लत है, उसके लिए रोष क़ायम रहता है, तब तक मनुष्य का सोलहवाँ वर्ष भी क़ायम रहता है (ख़ुदा की ज़ात की तरह हर सूरत में)।

हसीन तसव्वुर, एक महबूब के मुँह का हो, या धरती के मुँह का, इससे फ़र्क़ नहीं पड़ता। यह मन सोलहवें वर्ष के साथ मन के तसव्वुर का रिश्ता है, और मेरा यह रिश्ता अभी तक क़ायम है···

ख़ुदा की जिस साज़िश ने यह सोलहवाँ वर्ष किसी अप्सरा की तरह भेजकर मेरे बचपन की समाधि भंग की थी, उस साज़िश की मैं ऋणी हूँ, क्योंकि उस साज़िश का संबंध केवल एक वर्ष से नहीं था, मेरी सारी उम्र से है।

मेरा हर चिंतन अब भी कुछ-कुछ समय के बाद मेरे सीधे-सादे दिनों की समाधि भंग करता रहता है (सब्र-संतोष से ज़िन्दगी के ग़लत मूल्यों के साथ की हुई सुलह उस समाधि की तरह होती है, जिसमें आयु अकारथ चली जाती है), और मैं खुश हूँ, मैंने समाधि के चैन का वरदान नहीं पाया, भटकन की बेचैनी का शाप पाया है···और मेरा सोलहवाँ वर्ष आज भी मेरे हर वर्ष में शामिल है···सिर्फ़ अब इसका मुँह अजनबी नहीं रहा, सबसे अधिक पहचान वाला हो गया है। और अब इसे चोरी से दीवारें फाँदकर आने की ज़रूरत नहीं रही, यह हर विरोध के खुले बंदों को पछाड़कर आता है—केवल बाहरी विरोध को नहीं, मेरी आयु के पचासवें वर्ष के विरोध को भी पछाड़कर, और उसके सब लक्षण अब भी उसी प्रकार हैं—जब भी इर्द-गिर्द का सब-कुछ, तन के कपड़ों की भाँति रूह को तंग लगता है, होंठ ज़िन्दगी की प्यास से खुश्क हो जाते हैं, आकाश के तारों को हाथ से छूने को जो करता है, और कोई अन्याय चाहे दुनिया में किसी से, और कहीं भी हो, उसके विरुद्ध मेरी साँसों में आग सुलग उठती है···

उसका साया

एक लम्बा और साँवला-सा साया था, जब मैंने चलना सीखा, तो मेरे साथ चलने लगा।

एक बार एक बेगाना गाँव था और मैं सोचने लगी गाँव बेगाना है, लेकिन वो क्यों बेगाना नहीं ?

तब मैंने सिर्फ़ उसकी आवाज़ सुनी थी, और लगा, जिस पवन में उसकी आवाज़ मिल गई थी, उस पवन में से एक महक आने लगी थी ।

उसे भी उस गाँव से लौट आना था, और मुझे भी । उसके लिए भी वो उतना ही बेगाना गाँव था, जितना मेरे लिए । और किसी ने बताया, उसे भी उसी शहर लौटना है, जिस शहर में मुझे लौटना है ।

जाने किस कालिदास ने अचानक मेघ भेज दिए, जो पूरे दो दिन और दो रातें बरसते रहे । तीसरे दिन जब हम सभी लोग, जितने भी उस गाँव में एक समागम में गए थे, लौटने लगे, तो गाँव की पगडण्डी पानी में डूबी हुई थी । खेतों की मेड़ पर चलते-चलते हमें कोई पाँच मील चलना था, और फिर लोपोकी गाँव से हमें लाहौर जाने के लिए बस मिल जानी थी ।

क़रीब पंद्रह लोगों का एक क़ाफ़िला-सा था, मैं सबको थोड़ा-थोड़ा जानती थी, सिर्फ़ एक वो था, जो उस समय तक मेरे लिए अजनबी था···

मैंने बादलों की तरफ़ इस तरह देखा, जैसे वो एक मुश्किल वक़्त में बहुत काम आए हों । ज़रूर यही कालिदास के पास आए होंगे, इसी का दूत बनकर इसी के पास जाने के लिए, और आज उन्होंने मेरा रास्ता लम्बा कर दिया था, और सूरज की हलकी-सी रोशनी में जब उसका साया पीछे की ओर पड़ता, तो मैं उस साये में चलने लगती ।

और ज़िन्दगी में पहली बार अहसास हुआ कि मैं ज़रूर उसके साये में चलती रही हूँ, शायद पिछले जन्म से···

रास्ते अलग होने थे आख़िर जो लाहौर पहुँचकर अलग हो गए ।

उन उदास दिनों में एक बार मैंने किसी से कहा—उसे अगर कोई बुलाए तो वो आ जाएगा ? उसने जवाब दिया—अगर तुम बुलाओ, तो सारे काम छोड़ कर आ जाएगा···

अच्छा कभी उसे कहना—बस इतना कहा था और कहने वाले का करम कि एक दिन वो आ गया···मेरी दहलीज़ों ने पहली बार उसके क़दम छुए···

इस तरह हफ़्ते गुज़र जाते, महीने गुज़र जाते, कोई समागम होता, तो मैं साहिर की आवाज़ सुन सकती थी, और जब कभी वो आ जाता, मेरी काली रातें भी सपनों के पैरों तले चाँदनी बिछा देतीं ।

एक दिन वो आया, तो उसके हाथ में एक काग़ज़ था, उसकी नज़्म का । उसने नज़्म पढ़ी और वो काग़ज़ मुझे देते हुए जाने क्यों उसने कहा—"इस नज़्म में जिस जगह का ज़िक्र है, वो जगह मैंने कभी देखी नहीं, और नज़्म में जिस लड़की का ज़िक्र है, वो लड़की कोई

नहीं…”

मैं कागज़ लौटाने लगी, तो उसने कहा—“यह मैं वापस ले जाने के लिए नहीं लाया ।”

तब रात को आसमान के तारे मेरे दिल की तरह धड़कने लगे, और फिर जब मैं कोई नज़्म लिखती, लगता मैं उसे ख़त लिख रही हूँ ।

अचानक कई पतझड़ एक साथ आ गए, उसने बताया कि अब उसे मेरे शहर से चले जाना है । रोटी-रोज़गार का तक़ाज़ा था, और उस शाम उसने पहली बार मेरी नज़्में माँगीं और मेरी एक तस्वीर माँगी ।

फिर अख़बारें, किताबें जैसे मेरे डाकिए हो गईं और मेरी नज़्में मेरे ख़त हो गए उसकी तरफ़ ।

ख़ामोशी का एक दायरा

लौटकर कई मील पीछे देखूँ तो देश के विभाजन से पहले के वे दिन सामने आते हैं, जब अचानक लाहौर की हवा रोमांचक अफ़वाहों से तल्ख़ हो गई थी । ज़िन्दगी में एक ही घटना घटी थी—ब्याह हुआ था, चार साल की उम्र में जो सगाई हुई थी, वह सोलह साल की उम्र होते-होते परवान चढ़ी । बहुत एकसार चल रही ज़िन्दगी की तरह, पर साहित्यिक क्षेत्रों में बहुत ही रोमांचक कहानियाँ फैल गईं । मालूम हुआ—पंजाबी कविता में जिस कवि का नाम उस समय मान के साथ लिया जाता था, उसने मुझ पर कई कविताएँ लिखी हैं ।

यह उस समय के प्रसिद्ध कवि मोहनसिंह का नाम था, पर जिन समागमों में भी मैंने मोहनसिंह जी को देखा, उनसे साधारण-सी मुलाक़ात हुई है, इससे ज़्यादा कुछ नहीं । शायद उनका स्वभाव ही संजीदा और गंभीर था, इसलिए । मुझे उनसे कोई शिकवा नहीं था, पर इर्द-गिर्द फैलने वाली कहानियों से मैं ख़ुश नहीं थी । मेरे मन में उनके लिए, अपने से बड़े कवि होने के नाते, एक आदर-भाव था, पर इसके सिवाय कुछ नहीं था । मेरा मन अपने ही भीतर से उठती हुई परछाईं से घिरा हुआ था, इसलिए इर्द-गिर्द की कहानियाँ केवल यह डर जगाती थीं कि मैं एक ग़लतफ़हमी का केंद्र बन रही हूँ, पर मोहनसिंह जी का शिष्टाचार ऐसा था कि उनको लेकर कोई शिकवा नहीं कर सकती थी ।

फिर एक दिन संध्या के समय मोहनसिंह जी मिलने के लिए आए । उनके साथ

शायद डॉक्टर दीवानसिंह थे, या कोई और, अब मुझे याद नहीं है, और मालूम हुआ कि अगले दिन उन्होंने एक कविता लिखी 'जायदाद' जिसका भाव था—वह दरवाज़े में ख़ामोश खड़ी थी, एक जायदाद की तरह, एक मालिक ही मिल्कियत की तरह...

मेरे लिए—ये मेरे मन के बहुत कठिन दिन थे। कविता की स्पष्टता मुझे बेचैन कर रही थी कि एक अच्छे-भले आदमी को मेरी ख़ामोशी ग़लतफ़हमी में डाल रही है, पर यह पता नहीं लग रहा था कि ख़ामोशी को मैं किस तरह तोड़ूँ। मेरे सामने मोहनसिंह जी ने अपनी ख़ामोशी कभी नहीं तोड़ी। इस ख़ामोशी में एक अपनी आबरू थी, जो क़ायम थी।

और फिर एक दिन मोहनसिंह आए। उनके साथ फ़ारसी के विद्वान कपूरसिंह थे। मेरा संकोच उसी प्रकार था, जिसमें आदर भी सम्मिलित था, पर शायद कुछ रूखापन भी कि अचानक कपूरसिंह जी ने कहा, "मोहनसिंह, डोंट मिसअंडरस्टैंड हर, शी इज़ नॉट लव यू..."

तो चिरकाल की जमी हुई ख़ामोशी कुछ पिघल गई। उस दिन मैं साहस करके कह सकी, "मोहनसिंहजी, मैं आपकी दोस्त हूँ, आपका आदर करती हूँ। आप और क्या चाहते हैं?" बड़े संकोच-भरे शब्दों में मैंने केवल इतना कहा, और मेरे ख़याल से यह काफ़ी था।

मोहनसिंहजी ने कुछ नहीं कहा, केवल बाद में एक छोटी-सी कविता लिखी, जिसमें वही शब्द दोहराए—'मैं आपकी दोस्त हूँ, मैं आपकी मित्र हूँ, आप और क्या चाहते हैं?' और आगे की पंक्तियों में लिखा—'मैंने और क्या चाहना है?'

कुछ कहानियाँ-सी फिर भी साहित्य में चलती रहीं—कई मौखिक, कई कुछ लोगों की रचनाओं में संकेतों में, पर मोहनसिंह जी की ओर से जब तक ऐसी कोई रचना नहीं आई, जो मुझे दुखा जाती, तब तक मेरी ओर से भी उनके आदर में कोई अंतर नहीं आया था।

एक साधारण-सी घट । और भी हुई थी। लाहौर रेडियो के एक अफ़सर थे, जिन्हें शायद साहित्य से कुछ लगाव था। एक बार मेरे एक ब्राडकास्ट के बाद अचानक बोले, "अगर मैंने आज से कुछ बरस पहले आपको देखा होता, तो या तो मैं मुसलमान से सिख हो गया होता, या आप सिख से मुसलमान हो गई होतीं।"

ये शब्द अचानक हवा में उभरे, और अचानक हवा में लीन हो गए। मेरा ख़याल है, यह एक क्षण का जज़्बा था, जिसका न कोई पहला क्षण इससे जुड़ता था, न कोई आगे का क्षण। फिर उस दिन के बाद उन्होंने कभी कुछ नहीं कहा, पर मैं आज तक नहीं जानती

कि उस समय के वातावरण में उनके किसी भी एहसास की बात कैसे बिखर गई, शायद किसी के आगे स्वयं उन्हीं की ज़बानी और न जाने किन शब्दों में कि बाद में इसका बहुत तोड़ा-मरोड़ा हुआ ज़िक्र भी पढ़ा। कई बार लगता है, पंजाबी लेखकों के पास लिखने के लिए कोई गंभीर विषय नहीं होता, वे स्वयं ही कुछ अफ़वाहें फैलाते हैं, स्वयं ही उनको अपनी मर्ज़ी से जिधर चाहे मोड़ते हैं, और फिर उन्हें लिख-लिखकर उनमें लज़्ज़त लेते हैं···

हाँ, वर्षों बाद, जब मैंने दिल्ली रेडियो में नौकरी की, तो वहाँ एक पंडित सत्यदेव शर्मा हुआ करते थे, जो लाहौर रेडियो पर भी स्टाफ़ आर्टिस्ट थे, और अब दिल्ली रेडियो पर भी स्टाफ़ आर्टिस्ट थे। उन्होंने हिन्दी में एक कहानी लिखी—'ट्वेन्टी सिक्स मैन एण्ड ए गर्ल'। कहानी का शीर्षक उन्होंने गोर्की की कहानी से ही लिया, पर लिखा उस पुरानी घटना को और कहानी लिखकर मुझे सुनाई। बड़े साफ़ दिल के आदमी थे। उन्होंने बताया, "लाहौर रेडियो पर तुम्हें नहीं मालूम कि कितने लोग तुममें दिलचस्पी लेते थे, ख़ासकर वह आदमी भी।" और हम सब स्टाफ़ के लोग महीनों तक एक फ़िक्र के साथ देखते रहे कि आगे क्या होगा, पर कुछ हुआ नहीं।

शर्मा जी शायद यह कहानी भी न लिखते, पर मुझे देखकर उन्हें बरसों पुराना वह इंतज़ार याद आ गया, जिसमें वह कुछ होने की संभावना से चिंतित रहे थे। कहानी में स्टाफ़ के छोटे-छोटे लोगों के कानों का ज़िक्र था, जो कुछ उड़ती हुई सुनने के लिए दीवारों से लगे रहते थे, कुछ सुनाई नहीं देता था, तो हैरान बैठ जाते थे कि शायद कुछ हो ही चुका है, पर कानों तक नहीं पहुँच रहा है···

शर्मा जी साधारण-से लेखक थे, पर मेरा ख़याल है, यह कहानी उनकी सबसे अच्छी कहानी थी। उन्होंने एक तनाव के वातावरण को पकड़ने की कोशिश की थी, पर अपनी ओर से पंजाबी लेखकों की तरह ज़बर्दस्ती कोई नतीजा नहीं निकाला था। कहानी में एक ईमानदाराना सादगी थी।

नफ़रत का एक दायरा

बात यह भी छोटी-सी है, पर बहुत बड़े नफ़रत के दायरे में घिरी हुई। यह भी मेरी साहित्यिक ज़िन्दगी के आरंभिक दिनों की बात है, लाहौर की। पंजाबी के एक कवि थे, जिनसे कभी भेंट नहीं हुई थी। पता लगता रहता था कि वह मेरे विरुद्ध बहुत बोलते हैं। मैंने उन्हें कभी देखा नहीं था, इसलिए चकित हुआ करती थी कि उन्हें मेरी ज़ात से

कब की और किस बात की दुश्मनी है ।

फिर देश के विभाजन से कुछ समय पहले की बात है कि एक बार मुझे कुछ बुखार हो गया और एक साप्ताहिक के संपादक हाल पूछने के लिए आए । उनके साथ एक कोई और व्यक्ति भी था, जिसे मैंने कभी पहले नहीं देखा था । उन्होंने नाम बताकर परिचय कराया, तो मैं चौंक-सी गई । यह वही थे, जिन्हें मेरे अस्तित्व से ही नफ़रत थी । हैरान थी कि आज यह मेरा हाल पूछने क्यों आए ?

दो-तीन दिन बाद उसी साप्ताहिक में उनकी एक कविता पढ़ी, जिसके नीचे वही तारीख़ पड़ी हुई थी, जिस तारीख़ को वह मिलने के लिए आए थे, और यह कविता अजीबोग़रीब प्रेम की कविता थी । ऐसा प्रतीत हुआ, जैसे नफ़रत के लिए कोई कारण नहीं था, उसी तरह उस जज़्बे के लिए भी कोई कारण नहीं था ।

और फिर वह कुछेक बार घर आए । हैरान होकर पूछा कि यह अचानक मेहरबानी क्यों ? पर कुछ भी पकड़ नहीं आया । यह मानती हूँ कि उनकी किसी बात में कोई शोख़ी नहीं थी, लेकिन यह कठोरता-सी ज़रूर थी कि सब लोग घटिया हैं, मैं किसी से न मिला करूँ, यहाँ तक कि लाहौर रेडियो के लिए मैं जब साहित्य की समालोचना लिखा करती थी, वह आग्रह किया करते थे कि अमुक का नाम मत लिखना, अमुक की प्रशंसा मत करना, अमुक की पुस्तक का उल्लेख मत करना ।

इस साहित्यिक परिचय से जब साँस घुटने लगी, तो मैं खीझ उठी, पर यह तल्ख़ी अभी ज़बान पर आई ही थी कि देश का बटवारा हो गया और मैं उनके परिचय से मुक्त हो गई । फिर कुछ वर्ष बाद सुना कि उनके विचार में हिन्दुस्तान का बटवारा इसीलिए हुआ, क्योंकि मैंने उनकी दोस्ती नहीं चाही, और उनके विचार में हज़ारों मासूम लोगों का क़त्ल भी इसीलिए हुआ । ख़ैर, हिन्दुस्तान के विभाजन का और मासूम लोगों के क़त्ल का यह जो मुझ पर इल्ज़ाम था इसे कोई मनोविज्ञान का विशेषज्ञ भले ही समझ सके, मैं नहीं समझ सकती, और देखने में आया कि अब वह फिर मेरे विरुद्ध बोलते थे, और मेरे विरुद्ध कविताएँ लिखते थे । यह नफ़रत मानो एक गोल दायरा थी, जिसका आख़िरी सिरा फिर पहले सिरे से जुड़ना ही था…

1947

हमारे देश की तक़सीम के वक़्त जो हुआ, कल्पना में भी उस जैसा ख़ूनी कांड नहीं आ सकता था…

दुःखों की कहानियाँ कह-कहकर लोग थक गए थे, पर ये कहानियाँ उम्र से पहले ख़त्म होने वाली नहीं थी। मैंने लाशें देखी थीं, लाशों जैसे लोग देखे थे, और जब लाहौर से आकर देहरादून में पनाह ली, तब नौकरी की और दिल्ली में रहने के लिए जगह की तलाश में दिल्ली आई, और जब वापसी का सफ़र कर रही थी, तो चलती हुई गाड़ी में नींद आँखों के पास नहीं फटक रही थी···

गाड़ी के बाहर घोर अँधेरा समय के इतिहास के समान था। हवा इस तरह साँय-साँय कर रही थी, जैसे इतिहास के पहलू में बैठकर रो रही हो। बाहर ऊँचे-ऊँचे पेड़ दुःखों की तरह उगे हुए थे। कई जगह पेड़ नहीं होते थे, केवल एक वीरानी होती थी, और इस वीरानी के टीले ऐसे प्रतीत होते थे, जैसे टीले नहीं, क़ब्रें हों।

वारिस शाह की पंक्तियाँ मेरे जेहन में घूम रही थीं—'भला मोए ते बिछड़े कौन मेले···'[1] और मुझे लगा, वारिस शाह कितना बड़ा कवि था, वह हीर के दुःख को गा सका। आज पंजाब की एक बेटी नहीं, लाखों बेटियाँ रो रही हैं, आज इनके दुःख कौन गाएगा ? और मुझे वारिस शाह के सिवाय और कोई ऐसा नहीं लगा, जिसे संबोधित करके मैं यह बात करती।

उस रात चलती हुई गाड़ी में हिलते और काँपते क़लम से एक कविता लिखी—

अज्ज आक्खाँ वारिस शाह नूँ कितने क़बरां बिच्चों बोल
ते अज्ज किताबे-इश्क़ दा कोई अगला वरका खोल···।
इक्क रोई सी धी पंजाब दी, तू लिख लिख मारे बैन
अज्ज लक्खाँ धीयाँ रोन्दियाँ, तैनूं वारिस शाह नूँ कहन
उठ दर्दमंदां दिय दर्दिया ! उठ तक्क अपणा पंजाब
अज्ज बेल्ले लाशां बिच्छियाँ ते लहू दी भरी चिनाब···[2]

कुछ समय बाद यह कविता छपी, पाकिस्तान भी पहुँची और कुछ देर बाद जब पाकिस्तान में फ़ैज़ अहमद फ़ैज़ की किताब छपी, उसकी प्रस्तावना में अहमद नदीम क़ासमी ने लिखा कि यह कविता उन्होंने तब पढ़ी थी, जब वह जेल में थे। जेल से बाहर

---

1. जो मर चुके हैं, जो बिछुड़ चुके हैं, उनसे कौन मिलन कराए !
2. आज वारिस शाह से कहती हूँ अपनी क़ब्र में से बोलो
और इश्क़ की किताब का कोई नया पृष्ठ खोलो
पंजाब की एक बेटी रोई थी, तूने लम्बी दास्तान लिखी
आज लाखों बेटियाँ रो रही हैं, वारिस शाह तुमसे कह रही हैं
ऐ दर्दमंदों के दोस्त ! अपने पंजाब को देखो
वन लाशों से अँटे पड़े हैं, चिनाब लहू से भर गया है···

आकर भी देखा कि लोग इस कविता को जेबों में रखते हैं, निकालकर पढ़ते हैं, और रोते हैं···

फिर, 1972 में लंदन गई, तो वहाँ बी०बी०सी० के एक कमरे में किसी ने पाकिस्तान की शायरा सहाब क़ज़लबाश से मुलाक़ात करवाई । सहाब के पहले शब्द थे—'अरे, ये तो अमृता हैं, जिन्होंने वह कविता लिखी थी—वारिस शाह, इनसे तो गले मिलेंगे···'

वहाँ ही एक शाम सुरिन्दर कोछड़ के घर पर महफ़िल थी, जहाँ सहाब क़ज़लबाश थी, और पाकिस्तान के और साहित्यकार थे—साक़ी फ़ारूक़ी, फ़हमीदा रियाज़ और 'उदास नस्लें' का लेखक अब्दुल्ला हुसैन, और साथ ही पाकिस्तान के मशहूर गवैये थे—नज़ाकत अली-सलामत अली । रात कविताओं से भरी हुई थी, जब नज़ाकत अली से कुछ गाने के लिए कहा गया, तो उनके पास साज़ नहीं थे, कहने लगे—'हमने आज तक बिना साज़ के कभी नहीं गाया', पर साथ ही बोले—'जिसने वारिस शाह कविता लिखी है, आज उसके लिए बिना साज़ के भी गाएँगे ।' और वह रात नज़ाकत अली की सुरीली आवाज़ में भीग गई···

अब 1975 में जब पाकिस्तान के मुलतान शहर से एक साहित्यिक मशकूर साबरी उर्स के मौक़े पर दिल्ली आए, तो उन्होंने बताया कि पिछले कई बरसों से वह मुलतान में 'जश्ने वारिस शाह' मनाते हैं, जिसमें लोकगीतों का, लोकनृत्य का और लोककला का प्रदर्शन भी होता है, और मुशायरा भी, और यह जश्न मेरी उस नज़्म 'वारिस शाह' से शुरू किया जाता है । वह सौ गुणा अस्सी फुट के स्टेज पर सेट लगाते हैं, जहाँ राँझे का वन भी होता है, हीर का मुक़ाम भी, और यह नज़्म क़रीब पचीस मिनट गाई जाती है । स्टेज पर घुप्प अँधेरा करके एक रोशनी से धुआँ दिखाते हैं, फिर वारिस शाह क़ब्र में से उठता है···पाकिस्तान के मशहूर गवैये एक-एक कड़ी गाते हैं, और उन्हीं के मुताबिक़ स्टेज के दृश्य बदलते जाते हैं···और जब नज़्म का आख़िरी हिस्सा आता है, तो ऐसी गूँज पैदा करते हैं, जैसे सारी क़ायनात में मोहब्बत और ख़ुलूस जाग पड़ा हो···

पर यह कविता थी, जब लिखी थी, तब अपने पंजाब में कई पत्र-पत्रिकाएँ मेरे लिए तोहमतों से भर गई थीं । सिक्खों को यह आपत्ति थी कि यह कविता वारिस शाह को संबोधित क्यों की, गुरु नानक को संबोधन करके लिखनी चाहिए थी, और कम्युनिस्ट कहते थे कि मैंने लेनिन या स्टालिन को संबोधन करके क्यों नहीं लिखी । यहाँ तक कि इस कविता के विरुद्ध कई कविताएँ लिखी गईं···

कल्पना का जादू

ज़िन्दगी में एक ऐसा समय भी आया था, जब अपने हर ख़याल पर मैंने अपनी कल्पना का जादू चढ़ते हुए देखा है।

जादू शब्द केवल बचपन की सुनी हुई कहानियों में कभी कानों में पड़ा था, पर देखा—एक दिन अचानक वह मेरी कोख में आ गया था, और मेरे ही शरीर के मांस की ओट में पलने लगा था···

यह उन दिनों की बात है, जब मेरा बेटा मेरे शरीर की आस बना था—1946 के अंतिम दिनों की बात।

अख़बारों और किताबों में अनेक ऐसी घटनाएँ पढ़ी हुई थीं—कि होने वाली माँ के कमरे में जिस तरह की तस्वीरें हों या जैसे रूप की वह मन में कल्पना करती हो, बच्चे की सूरत वैसी ही हो जाती है···और मेरी कल्पना ने जैसे दुनिया से छिपकर धीरे से मेरे कान मे कहा—'अगर मैं साहिर के चेहरे का हर समय ध्यान रखूँ, तो मेरे बच्चे की सूरत उससे मिल जाएगी···'

जो ज़िन्दगी में नहीं पाया था, जानती हूँ, यह उसे पा लेने का एक चमत्कार जैसा यत्न था···

ईश्वर की तरह सृष्टि रचने का यत्न···

शरीर का एक स्वतंत्र कर्म···

केवल संस्कारों से स्वतंत्र नहीं, लहू-मांस की हक़ीक़त से भी स्वतंत्र···

दीवानगी के इस आलम में जब 3 जुलाई, 1947 को बच्चे का जन्म हुआ, पहली बार उसका मुँह देखा, अपने ईश्वर होने का यक़ीन हो गया, और बच्चे के पनपते हुए मुँह के साथ यह कल्पना भी पनपती रही कि उसकी सूरत सचमुच साहिर से मिलती है···

ख़ैर, दीवानेपन के अंतिम शिखर पर पैर रखकर खड़े नहीं रहा जा सकता, पैरों पर बैठने के लिए धरती का टुकड़ा चाहिए, इसलिए आने वाले वर्षों में मैं इसका ज़िक्र एक परी-कथा की तरह करने लगी···

एक बार यह बात मैंने साहिर को भी सुनाई, अपने आप पर हँसते हुए। उसकी और किसी प्रतिक्रिया का पता नहीं, केवल इतना पता है कि वह सुनकर हँसने लगा और उसने

सिर्फ़ इतना कहा—"वेरी पूअर टेस्ट !"

साहिर की ज़िन्दगी का एक सबसे बड़ा कॉम्पलेक्स है कि वह सुंदर नहीं है, इसी कारण उसने मेरे पूअर टेस्ट की बात की।

इससे पहले भी यह बात हुई थी। एक दिन उसने मेरी लड़की को गोदी में बैठाकर कहा था—"तुम्हें एक कहानी सुनाऊँ ?" और जब मेरी लड़की कहानी सुनने के लिए तैयार हुई तो वह कहने लगा—"एक लकड़हारा था। वह दिन-रात जंगलों में लकड़ियाँ काटता था। फिर एक दिन उसने जंगल में एक राजकुमारी को देखा, बड़ी सुंदर। लकड़हारे का जी किया कि वह राजकुमारी को लेकर भाग जाए···"

"फिर ?" मेरी लड़की कहानियों के हुंकारे भरने की उम्र की थी, इसलिए बड़े ध्यान से कहानी सुन रही थी।

मैं केवल हँस रही थी, कहानी में दख़ल नहीं दे रही थी।

वह कह रहा था—"पर वह था तो लकड़हारा न ! वह राजकुमारी को सिर्फ़ देखता रहा, दूर से खड़े-खड़े, और फिर उदास होकर लकड़ियाँ काटने लगा। सच्ची कहानी है न !"

"हाँ, मैंने भी देखा था।" न जाने बच्ची ने यह क्यों कहा।

साहिर हँसते हुए मेरी ओर देखने लगा—"देख लो, यह भी जानती है," और बच्ची से उसने पूछा, "तुम वहीं थीं न जंगलों में ?"

बच्ची ने हाँ में सिर हिला दिया।

साहिर ने फिर उस गोद में बैठी हुई बच्ची से पूछा—"तुमने उस लकड़हारे को भी देखा था न ? वह कौन था ?"

बच्ची के ऊपर उस घड़ी कोई देव-वाणी उतरी हुई थी शायद, बोली—"आप···"

साहिर ने फिर पूछा—"और वह राजकुमारी कौन थी ?"

"मामा !" बच्ची हँसने लगी।

साहिर मुझसे कहने लगा—"देखा, बच्चे सब-कुछ जानते हैं।"

फिर कई वर्ष बीत गए। 1960 में जब मैं बम्बई आई, तो उन दिनों राजेंद्रसिंह बेदी बड़े मेहरबान दोस्त थे। अक्सर मिलते थे। एक शाम बैठे बातें कर रहे थे कि अचानक उन्होंने पूछा, "प्रकाश पंडित के मुँह से एक बात सुनी थी कि नवराज साहिर का बेटा है···"

उस शाम मैंने बेदी साहब को अपनी दीवानगी का वह आलम सुनाया। कहा—"यह कल्पना का सच है, हक़ीक़त का सच नहीं।"

उन्हीं दिनों एक दिन नवराज ने भी पूछा—उसकी उम्र अब कोई तेरह बरस की थी, "मामा, एक बात पूछूँ, सच-सच बताओगी ?"

"हाँ ।"

"क्या मैं साहिर अंकल का बेटा हूँ ?"

"नहीं !"

"पर अगर हूँ तो बता दो । मुझे साहिर अंकल अच्छे लगते हैं ।"

"हाँ, बेटे, मुझे भी अच्छे लगते हैं, पर अगर यह सच होता, तो मैंने तुम्हें ज़रूर बता दिया होता ।"

सच का अपना एक बल होता है, सो मेरे बच्चे को यक़ीन आ गया ।

सोचती हूँ—कल्पना का सच छोटा नहीं था, पर वह केवल मेरे लिए था···इतना कि वह सच साहिर के लिए भी नहीं ।

लाहौर में जब कभी साहिर मिलने के लिए आता था, तो जैसे मेरी ही ख़ामोशी में से निकला हुआ ख़ामोशी का एक टुकड़ा कुर्सी पर बैठता था और चला जाता था···

वह चुपचाप सिर्फ़ सिगरेट पीता रहता था, कोई आधी सिगरेट पीकर राखदानी में बुझा देता था, फिर नई सिगरेट सुलगा लेता था, और उसके जाने के बाद केवल सिगरेटों के बड़े-बड़े टुकड़े कमरे में रह जाते थे ।

कभी···एक बार उसके हाथ को छूना चाहती थी, पर मेरे सामने मेरे ही संस्कारों की एक वह दूरी थी, जो तय नहीं होती थी···

तब भी कल्पना की करामात का सहारा लिया था ।

उसके जाने के बाद, मैं उसके छोड़े हुए सिगरेटों के टुकड़ों को सँभालकर अलमारी में रख लेती थी, और फिर एक-एक टुकड़े को अकेले में बैठकर जलाती थी, और जब उँगलियों के बीच पकड़ती थी, तो लगता था, जैसे उसका हाथ छू रही हूँ···

सिगरेट पीने की आदत मुझे तब पहली बार पड़ी थी । हर सिगरेट को सुलगाते हुए लगता कि वह पास है । सिगरेट के धुएँ में जैसे वह जिन्न की भाँति प्रकट हो जाता था···

फिर वर्षों बाद अपनी इस बात को मैंने 'एक थी अनीता' उपन्यास में लिखा, पर साहिर शायद अभी तक मेरे सिगरेट के इस इतिहास को नहीं जानता ।

सोचती हूँ—कल्पना की यह दुनिया सिर्फ़ उसकी होती है, जो इसे सिरजता है, और जहाँ

इसे सिरजने वाला ईश्वर भी अकेला होता है ।

आख़िर जिस मिट्टी से यह तन बना है, उस मिट्टी का इतिहास मेरे लहू की हरकत में है—सृष्टि की रचना के समय जो आग का एक गोला-सा हज़ारों वर्ष जल में तैरता रहा था, उसमें हर गुनाह को भस्म करके जो जीव निकला, वह अकेला था । उसमें न अकेलेपन का भय था, न अकेलेपन की ख़ुशी । फिर उसने अपने ही शरीर को चीरकर, आधे को पुरुष बना दिया, आधे को स्त्री और इसी में से उसने सृष्टि रची···

संसार का यह आदि कर्म, मात्र मिथ नहीं है, न केवल अतीत का इतिहास । यह हर समय का इतिहास है । चाहे छोटे-छोटे मनुष्यों का छोटा-छोटा इतिहास···

मेरा भी···

1959 की एक क़ब्र—एक भयानक पल

पिताजी जब तक जीवित थे, सुनाया करते थे कि ज़िन्दगी की पहली भयानक हैरानी उन्हें उस समय हुई थी, जब एक बार परदेश जाते समय उन्होंने अपने नाना की सम्पत्ति में मिला गहनों और अशर्फ़ियों से भरा हुआ एक ट्रंक अपने शहर गुजराँवाला की एक पूजनीय भक्त महिला कहलाने वाली स्त्री के पास धरोहर के रूप में रखा था, और जिसने बाद में केवल यही कहा था—"कैसा ट्रंक ?"

और 1959 में अपने पिता के चेहरे की कल्पना करके जैसे मैं कह रही थी, "आपके गुजराँवाला की एक भक्तिन होती थी न, उसकी गुरु-गद्दी पर बैठने वाली एक भक्तिन मैंने भी देखी है । मैंने उसके पास विश्वास से भरा हुआ एक ट्रंक अमानत के तौर पर रखा था, और अब वह कह रही है—कैसा विश्वास ?"

यह बड़ा भयानक पल था । अँधेरा बादलों की तरह घिरता आ रहा था, उदासी बूँद-बूँद बरस रही थी, पर बादल खुलते नहीं थे । उस भले-से चेहरे वाली लड़की को कई बरस प्यार किया था । बीते हुए दिन बादलों के नित बदलते रूप की तरह आँखों के आगे कई रूप धरण करने लगे । सोचने लगी—यह मेघ-माया ऐसी यादों के लिए तो नहीं बनी थी···

शरीर में से जैसे कोई चुभी हुई सूइयाँ निकालता है, एक-एक याद को लेकर एक-एक कहानी लिखी— 'काले अक्षर', 'कर्मों वाली', 'केले का छिलका' । और 'एक थी अनीता' उपन्यास में शांति बीबी का पात्र । पर उस 'शांति बीबी' ने जो-जो कुछ किया था, उसका ज़खीरा ख़त्म नहीं होता था । 1970 में फिर एक लम्बी कहानी लिखी— 'दो

औरतें (नम्बर पाँच)' और उस कहानी की 'मिस वी' में लगा, वह बहुत हद तक समा गई थी ।

वह छोटी-सी बच्ची थी जब परिचित हुई थी । (उसके परिचय का पूरा विवरण 'दो औरतें (नम्बर पाँच)' कहानी में है) उसके विवाह के समय, मेरे पास जो पाकिस्तान के बचे-खुचे दो-तीन गहने थे, वे दे दिए थे । उनका ग़म नहीं था, सिर्फ़ यह था—कि अँधेरा जब हँसता था, तो वे गहने भी बहुत ज़ोर से हँसते थे । फिर समय बीतने पर ध्यान से देखा, तो लगा, गहने नहीं, टूटे हुए विश्वास के टुकड़े थे, जो अँधेरे में चमकते थे और हँसते थे···

उसकी मासूम-सी दिखने वाली बातों को मैंने रेशमी धागों के समान गले से लगाया था, शिवजी ने साँपों को गले में डाला था, पर रेशमी धागे समझकर नहीं । सोचा करती थी, मैं शिवजी नहीं हूँ, फिर शिवजी ने मुझे अपनी तक़दीर क्यों दी ?

मैं धीमी-से-धीमी गंध भी सूँघ सकती हूँ, पर झूठ की तेज़-से-तेज़ गंध सूँघने की मुझमें शक्ति नहीं थी ।

यह शक्ति मेरे पिता में भी नहीं थी । छुटपन में आँखों से देखा था, उन्होंने सियालकोट के एक आदमी को पढ़ाया-लिखाया, फिर अपने पास नौकरी दी, पर एक बार उसने पिताजी के एक पत्र की ऊपर की लिखत फाड़कर हस्ताक्षर वाले स्थान से ऊपर के खाली स्थान में एक नयी लिखत लिख ली कि उन्होंने इतने हज़ार रुपए (पूरी रकम अब मुझे याद नहीं है) उससे उधार लिए हैं और कचहरी में दावा कर दिया । मैं उस व्यक्ति को मामा जी पुकारा करती थी । बहुत छोटी थी, पर उस समय अपने पिता के चेहरे पर जो दुःख-भरी हैरानी थी, वह फिर 1959 में मैंने अपने चेहरे पर देखी ।

हैरानी थी—घटनाओं की शक्लें कैसे मिल जाती हैं ? इस लड़की की पढ़ाई के लिए किताबें दी थीं, फ़ीसें दी थीं, बिल्कुल उसी तरह जैसे मेरे पिता ने एक रिश्तेदार बच्चे को पास रखकर पढ़ाया था, फिर आख़िरी उम्र में जब वह ज़िला हज़ारीबाग़ चले गए, कुछ एकड़ ज़मीन ख़रीदकर एक बगीचा लगाने का उन्हें चाव था, उस लड़के को साथ ले गए थे । सब कुछ उस बगीचे के नक्शों की लकीरों में रह गया, और मियादी बुखार से उनकी ज़िन्दगी ख़त्म हो गई । उनकी ख़रीदी हुई ज़मीन के बारे में कुछ समय तक पत्र आते रहे, फिर लम्बी ख़ामोशी छा गई । सोच भी नहीं सकती थी—पर पता लगा कि उस लड़के ने ग़ैरक़ानूनी तौर से वह ज़मीन बेच दी थी । और सारी रक़म जेब में डालकर चुप्पी साध ली थी । उसके बारे में और इसके बारे में सिर्फ़ एक ही फ़िकरा बचा रह गया—यह सोच भी नहीं सकती थी···यह सोच भी नहीं सकती थी···

यह 1959 का वही पल है, जब मैंने उस लड़की को अंतिम बार देखा था, और

आकाश से एक तारा टूटते हुए देखा था, वह विश्वास का तारा था ।

1960

यह बरस मेरी ज़िन्दगी का सबसे उदास बरस था, ज़िन्दगी के कैलेंडर में फटे हुए पृष्ठ की तरह । मन ने घर की दहलीज़ों के बाहर पाँव रख लिया था, पर सामने कोई रास्ता नहीं था, इसलिए घबराकर काँपने लगा ।

साहिर को बम्बई फ़ोन करने के लिए फ़ोन के पास गई थी कि अजीब संजोग हुआ था, कि उस दिन के 'ब्लिट्ज़' में तस्वीर भी थी और ख़बर भी कि साहिर को ज़िन्दगी की एक नई मोहब्बत मिल गई है । हाथ फ़ोन के डायल से कुछ इंच दूर शून्य में खड़े रह गए···

उन्हीं दिनों मैंने अपने मन की दशा को आस्कर वाइल्ड के इन शब्दों में पहचाना था—'मैंने मर जाने का विचार किया··ऐसे भीषण विचार में जब ज़रा कुछ कमी हुई, तो मैंने जीने के लिए अपना मन पक्का कर लिया, पर सोचा, उदासी को मैं अपना एक शाही लिबास बना लूँगा और हर समय पहले रहूँगा··जिस दहलीज़ के अंदर पाँव रखूँगा, वह घर वैराग्य का स्थान बन जाएगा··मेरे दोस्तों के पाँव मेरी उदासी के साथ-साथ चला करेंगे··लोगों ने मुझे सलाह दी कि यह सब कुछ जो दुःखदायी है, मैं भूल जाऊँ । मैं जानता हूँ, इस तरह करना बिल्कुल घातक है । इसका अर्थ है कि चाँद-सूरज की सुंदरता, सवेरे की पहली किरनों का संगीत, गहरी रातों की ख़ामोशी, पत्तों में से छनती हुई मेंह की बूँदें, घास पर फिसलती हुई ओस, यह सब कुछ मेरे लिए कड़वा हो जाएगा···अपने अनुभव से इनकारी होना ऐसा है, जैसे अपनी ज़िन्दगी के होंठों में कोई हमेशा के लिए झूठ भर ले··यह अपनी रूह से इनकारी होना है···'

इमरोज़ से दोस्ती थी, पर अनेक प्रकार की दुविधाओं में से गुज़रती हुई । ज़िन्दगी की सबसे उदास कविताएँ मैंने इस वर्ष लिखीं । उन दिनों का एक अजीब सपना मुझे एक-एक अक्षर याद है···

गाड़ी में सफ़र कर रही थी । सामने की सीट पर एक बुज़ुर्ग चेहरा था, बड़ा नर्म-सा और चमकता हुआ ।

लम्बे सफ़र में मैं किताबों के पन्न पलटती रही, और फिर मेरी ख़ामोश किताबों ने उस बुज़ुर्ग को बातों में लगा लिया । उसने मुझसे पूछा, 'तुमने कभी काला गुलाब देखा है ?'

'काला गुलाब ?···नहीं तो ।'

'थोड़ी देर में यहाँ एक स्टेशन आएगा, वहाँ से एक रास्ता एक छोटे-से गाँव को जाता है । उस गाँव में गुलाब के फूलों का एक बाग़ है, उस बाग़ में थोड़े-से लाल रंग के गुलाब हैं, बाक़ी सारा बाग़ काले गुलाब के फूलों से भरा हुआ है ।'

'सच ।'

'तुम्हें मैं विश्वास के क़ाबिल जान पड़ता हूँ या नहीं ?'

'मैंने तो अविश्वास की कोई बात नहीं कही ।'

'तुम वह बाग़ देखना चाहोगी ?'

'मैं यही सोच रही थी—अगर मैं वह बाग़ देख सकूँ···'

'उसकी एक कहानी भी है···'

'क्या ?'

'अगर तुम उसे देखने चलो, तो मैं वहाँ पर ही यह कहानी सुनाऊँगा ।'

'मैं चलूँगी ।'

और फिर एक स्टेशन पर मैं और वह बुज़ुर्ग आदमी उतर गए । एक लम्बा कच्चा रास्ता पकड़ लिया । वहाँ कोई सवारी नहीं जाती थी—और फिर सचमुच हम एक बाग़ में पहुँच गए ।

इतना बड़ा और चमकदार गुलाब मैंने ज़िन्दगी में कभी नहीं देखा था । गुलाब की पत्तियों पर से आँख फिसल-फिसल पड़ती थी । बहुत बड़ा बाग़ था । एक छोटे-से हिस्से में लाल रंग के गुलाब थे, और एक छोटे हिस्से में सफ़ेद दूधिया रंग के । बाक़ी सारा बाग़, मीलों में फैला हुआ, काले गुलाबों से भरा हुआ था ।

'इसकी कहानी ?'

'कहते हैं एक औरत थी । उसने बड़े सच्चे मन से किसी से मुहब्बत की । एक बार उसके प्रेमी ने उसके बालों में लाल गुलाब का फूल अटका दिया । तब औरत ने मुहब्बत के बड़े प्यारे गीत लिखे ।

'वह मुहब्बत परवान नहीं चढ़ी । उस औरत ने अपनी ज़िन्दगी समाज के ग़लत मूल्यों पर न्यौछावर कर दी । एक असह्य पीड़ा उसके दिल में घर कर गई, और वह सारी उम्र अपनी क़लम को उस पीड़ा में डुबोकर गीत लिखती रही ।

'आत्म-वेदना एक वह दृष्टि प्रदान करती है, जिससे कोई पराई पीड़ा को देख सकता है । उसने अपनी पीड़ा में समूची मानवता की पीड़ा को मिला लिया और फिर ऐसे गीत लिखे, जिनमें केवल उसकी नहीं, जगत की पीड़ा थी ।'

'फिर ?'

'जब वह औरत मर गई, उसे इस धरती में दफ़ना दिया गया। उसकी क़ब्र पर न जाने किस तरह गुलाब के तीन फूल उग आए। एक फूल लाल रंग का था, एक काले रंग का और एक सफ़ेद रंग का।'

'अजीब बात है!'

'और फिर वे फूल अपने आप ही बढ़ते गए। न किसी ने पानी दिया, न किसी ने देखभाल की, और धीरे-धीरे यहाँ फूलों का एक बाग़ बन गया।'

'अब तुमने अपनी आँखों से देख लिया है, एक हिस्से में लाल रंग के गुलाब हैं, एक हिस्से में सफ़ेद रंग के, और बाक़ी सारे हिस्से में काले रंग के।'

'लोग क्या कहते हैं?'

'लोग कहते हैं उस औरत ने जो मुहब्बत के गीत लिखे, वे लाल रंग के गुलाब बन गए हैं, जो दर्द-भरे गीत लिखे, वे काले रंग के गुलाब हो गए हैं—और जो उसने मानव-प्रेम के गीत लिखे, वे सफ़ेद गुलाब के फूल बन गए हैं…

सिर से पैर तक मुझे एक कंपन आया, और मैंने उस बुज़ुर्ग से पूछा, 'आपका नाम क्या है?'

'मेरा नाम?—मेरा नाम 'समय'।'

'समय? आप मेरी कहानी ही मुझे सुना रहे हैं?'

समय की मुस्कराहट और मेरे अपने कंपन के कारण मेरी आँख खुल गई, और उन्हीं दिनों लिखा—

दुःखान्त यह नहीं होता कि रात की कटोरी को कोई ज़िन्दगी के शहद से भर न सके
और वास्तविकता के होंठ कभी उस शहर को चख न सकें—

दुःखान्त यह होता है जब रात की कटोरी पर से चन्द्रमा की क़लई उतर जाए और
उस कटोरी में पड़ी हुई कल्पना कसैली हो जाए।

दुःखान्त यह नहीं होता कि आपकी क़िस्मत से आपके साजन कर नाम-पता न पढ़ा
जाए और आपकी उम्र की चिट्ठी सदा रुलती रहे।

दुःखान्त यह होता है, कि आप अपने प्रिय को अपनी उम्र की सारी चिट्ठी लिख
लें और फिर आपके पास से आपके प्रिय का नाम-पता खो जाए…

दुःखान्त यह नहीं होता कि ज़िन्दगी की लम्बी डगर पर समाज के बंधन अपने काँटे
बिखेरते रहें, और आपके पैरों में से सारी उम्र लहू बहता रहे।

दुःखान्त यह होता है कि आप लहू-लुहान पैरों से एक उस जगह पर खड़े हो जाएँ, जिसके आगे कोई रास्ता आपको बुलावा न दे ।

दुःखान्त यह नहीं होता कि आप अपने इश्क़ के ठिठुरते शरीर के लिए सारी उम्र गीतों के पैरहन सीते रहें ।

दुःखान्त यह होता है कि इन पैरहनों को सीने के लिए आपके पास विचारों का धागा चुक जाए और आपकी क़लम-सूई का छेद टूट जाए ।

उस वर्ष के अंत में मैं साइकेट्रिस्ट के इलाज में भी रही, अपने-आप को जानने के लिए, और उसके कहने के अनुसार हर रोज़ के अपने विचारों और स्वप्नों को काग़ज़ पर लिख करती थी । उन्हीं दिनों के अजीबोग़रीब सपनों में से जो डॉक्टर के पढ़ने के लिए लिखे थे, कुछ ये हैं—

1

किसी बहुत ऊँची इमारत के शिखर पर मैं अकेले खड़े होकर अपने हाथ में लिए हुए क़लम से बातें कर रही थी—'तुम मेरा साथ दोगे ?—कितने समय मेरा साथ दोगे ?'

अचानक किसी ने कसकर मेरा हाथ पकड़ लिया ।

'तुम छलावा हो, मेरा हाथ छोड़ दो ।' मैंने कहा, और ज़ोर से अपना हाथ छुड़ाकर उस इमारत की सीढ़ियाँ उतरने लगी ।

मैं बड़ी तेज़ी से उतर रही थी, पर सीढ़ियाँ ख़त्म होने में नहीं आती थीं । मेरी साँस तेज़ होती जा रही थी, डर रही थी कि अभी पीछे से आकर वह छलावा मुझे पकड़ लेगा ।

आख़िर सीढ़ियाँ ख़त्म हो गईं, पर नीचे उतरकर देखा, सब ओर बाग़-ही-बाग़ थे, और ज़मीन का चप्पा-चप्पा लोगों से भरा हुआ था । ये बाग़ भी इसी इमारत का हिस्सा थे और वहाँ लोगों का मेला लगा हुआ था । किसी तरफ़ लोग नाटक खेल रहे थे, और किसी तरफ़ कोई मैच हो रहा था ।

न जाने कहाँ से मेरी पुरानी साइकिल मुझे मिल गई और मैं उस पर चढ़कर बाहर जाने का रास्ता खोजने लगी । बाग़ों के किनारे-किनारे साइकिल चलाते हुए मैं जिस तरफ़ भी जाती थी, वहाँ आगे पत्थर की दीवार आ जाती थी और मुझे बाहर जाने का रास्ता नहीं

मिलता था। मैं फिर किसी और तरफ़ साइकिल मोड़ लेती थी, पर वहाँ भी अंत में एक दीवार आ जाती थी और मुझे बाहर जाने का रास्ता नहीं मिलता था—इसी घबराहट में मेरी आँख खुल गई।

2

सफ़ेद संगमरमर का एक बुत मेरे सामने पड़ा हुआ था। मैं उसकी ओर देखती रही, देखती रही, और फिर मैंने उससे कहा—'मैं तुम्हारा क्या करूँगी ! न तुम बोलते हो और न साँस लेते हो। आज मैं तुम्हें तोड़ दूँगी—तुम्हारे टुकड़े-टुकड़े कर दूँगी, तुमने मेरी सारी उम्र गँवा दी है, मेरा तसव्वुर''तुम मेरे आदर्श'''' और जब मैंने उस बुत को ज़ोर से परे फेंका, तो मैं अपने ही ज़ोर के कारण जाग गई।

3

मैंने देखा, मेरे पास एक लड़की खड़ी हुई है। कोई बीस बरस की होगी, पतली, लम्बी और उसका एक-एक नक़्श जैसे किसी ने बड़ी मेहनत से गढ़ा हो, पर उसका रंग काला और चमकदार—जैसे किसी ने काले पत्थर को तराश कर एक बुत बनाया हो।

'यह कौन है ?' मुझसे किसी ने पूछा।

'मेरी बेटी।' मैंने उत्तर दिया।

पूछने वाला कौन था, यह मुझे नहीं मालूम, पर उसने फिर चकित होकर पूछा, 'मैंने तेरे बच्चे देखे हैं, वे बड़े सुंदर हैं। सुंदर तो यह भी है, पर इसका रंग'''

'वे दोनों छोटे हैं, उनका रंग गोरा है। यह मेरी सबसे बड़ी बेटी है।''तुम जानते हो पार्वती ने एक बार अपने शरीर के मैल को इकट्ठा करके एक पुत्र गणेश बना लिया था—मैंने अपने मन के सारे रोष को बटकर यह बेटी बनाई है''मेरी कला, मेरी कृति'''

4

मैं एक उजाड़ जगह से गुज़र रही थी । मुझे किसी की शक्ल नज़र नहीं आई, लेकिन एक आवाज़ सुनाई पड़ी । कोई गा रहा था—'बुरा कीत्तोई साहिबाँ मेरा तरकश टँगयोई जंड ।'[1]

'तुम कौन हो ?' मैंने उस उजाड़ में खड़े होकर चारों ओर देखकर कहा ।

'मैं बहादुर मिर्ज़ा हूँ । साहिबाँ ने मेरे तीर छिपा दिए और मुझे लोगों के हाथों बे-आयी मौत मरवा दिया ।'

मैंने फिर चारों ओर देखा, पर मुझे किसी की सूरत दिखाई नहीं दी । मैंने उत्तर दिया—'कभी-कभी कहानियाँ करवट बदल लेती हैं, आज एक मिर्ज़ा ने मेरे तीर छिपा दिए हैं, और मुझे, एक बहादुर साहिबाँ को, बे-आयी मौत मरवा दिया है ।'

5

बादल बड़े ज़ोर से गरजे । सारा आसमान काँप उठा, और फिर मेरे दाहिने हाथ पर बिजली गिर पड़ी ।

मेरे सारे शरीर को एक सख़्त ज़ोर का झटका लगा, और फिर मैंने सँभलकर अपने हाथ को हिलाकर देखा । हाथ बिल्कुल ठीक था, केवल एक जगह से थोड़ा लहू बह रहा था, मानो एक खरोंच आ गई हो ।

दूसरी बार फिर बिजली कड़की और मेरे उसी हाथ पर गिर पड़ी । फिर एक सख़्त झटका लगा और मैंने जब हाथ को हिलाकर देखा, तो वह बिल्कुल साबुत था, केवल एक जगह ऐसी थी मानो मामूली-सी रगड़ लग गई हो ।

तीसरी बार फिर आसमान दो टुकड़े हो गया और मेरे उसी हाथ पर बिजली गिर पड़ी । सख़्त झटका लगा, पर उसके बाद जब मैंने हाथ को हिलाया, हाथ हिलता अवश्य था, पर एक उँगली टेढ़ी हो गई थी । मैंने अपने दूसरे हाथ से उस उँगली को दबाया, बार-बार दबाया, तो वह सीधी हो गई, अपनी जगह आ गई । मैंने अपने हाथ में क़लम पकड़कर देखा, मेरा हाथ बिल्कुल ठीक था, मेरी क़लम अभी भी लिख रही थी ।

---

1. साहिबाँ ! तूने बुरा किया, मेरा तरकश पेड़ पर टाँग दिया ।

इस समय मेरे मन की हालत बॉदलेयर के मन-जैसी थी, जब उसने 'सुंदरता की बिरद' लिखी थी—

तुम ऊँचे आसमान से उतरी हो
या गहरे पाताल से निकली हो ?
तुम्हारी दृष्टि निरी शराब,
दैत्यमय भी, देवमय भी ।

तुम्हारी आँखों में
साँझ भी, भोर भी ।
तुम्हारी सुगंध, जैसे साँझ की आँधी,
तुम्हारे होंठ दारू का एक घूँट
तुम्हारा मुख एक जाम···

तुम किसी खोह-खन्दक में से उभरी हो
या तारों से उतरी हो ?
तुम एक हाथ से खुशी बीजती हो
दूसरे से तबाही···
तुम्हारे गहनों की छटा कितनी भयानक !
तुम्हारा आलिंगन
जैसे कोई क़ब्र में उतरता जाए···

इसी वर्ष के आरंभ में 26 जनवरी के गणतंत्र दिवस पर भारत सरकार की ओर से मैं नेपाल गई थी, पर मन की बड़ी उखड़ी हुई दशा थी, और वहाँ से जो पत्र इमरोज़ को लिखे थे, वे ये थे—

······!

कल नेपाल ने मेरी उस क़लम का सत्कार किया, जिससे मैंने तुम्हारे लिए मुहब्बत के गीत लिखे । इसलिए मुझे जितने फूल मिले, मैंने सारे तुम्हारी याद में चढ़ा दिए ।

'हिज्र दी इस रात बिच कुझ रोशनी आवंदी पई'[1]—मेरी इस कविता में तुम्हारी याद की बत्ती जल रही थी । रात साढ़े ग्यारह बजे तक इस रोशनी

---

1. हिज्र की इस रात में कुछ रोशनी-सी आ रही···

का ज़िक्र होता रहा । पास कितनी ही नेपाली, हिन्दी और बंगाली कविताएँ जल रही थीं । एक फ़ारसी का शेर था– रेगिस्तान में हम लोग धूप से चमकती हुई रेत का पानी समझकर दौड़ते हैं, भुलावा खाते हैं, तड़पते हैं ।

पर लोग कहते हैं रेत रेत है, पानी नहीं बन सकती, और कुछ सयाने लोग उस रेत को पानी समझने की ग़लती नहीं करते । वे लोग सयाने होंगे, पर मैं कहती हूँ, जो लोग रेत को पानी समझने की ग़लती नहीं करते, उनकी प्यास में ज़रूर कोई कसर होगी ।'—सच, मेरे छलावे, मेरे सयानेपन में कोई कसर हो सकती है, पर मेरी प्यास में कोई कसर नहीं…
27 जनवरी, 1960

……!

'राही, तुम मुझे संध्या वेला में क्यों मिले ?
ज़िन्दगी का सफ़र ख़त्म होने वाला है । तुम्हें मिलना था तो ज़िन्दगी की दोपहर के समय मिलते, उस दोपहर का सेंक तो देख लेते' । काठमांडू में किसी ने यह हिन्दी कविता पढ़ी थी । हर व्यक्ति की पीड़ा उसकी अपनी होती है, पर कई बार इन पीड़ाओं की आकृतियाँ मिल जाती हैं । यह मेरी प्रतीक्षा तुम्हारे शहर की ज़ालिम दीवारों से टकराकर सदा घायल होती रही है । पहले भी चौदह वर्ष (राम-वनवास की अवधि) इसी तरह बीत गए, और लगता है मेरी ज़िन्दगी के बाक़ी वर्ष भी अपनी उसी पंक्ति में जा मिलेंगे…
1 फरवरी, 1960

1961

इस वर्ष के आरंभ में मेरी जो दशा थी, उसे उस समय इन शब्दों में लिखा था–

हिन्दू धर्म के अनुसार जीवन के चार पड़ाव होते हैं, चार वर्ण, चार आश्रम । इनके संबंध में मुझे बहुत जानकारी नहीं है, पर जीवन के सफ़र में मैंने अपनी मानसिक अवस्था के चार पड़ाव अवश्य देखे हैं, और इनके संबंध में कुछ विस्तार से कह सकती हूँ–

पहला पड़ाव था अचेतनता; यह बाल-बुद्धि के समान थी, जिसे हर वस्तु एक अचंभा लगती है। जिसे छोटी-से-छोटी वस्तु में बड़ी-से-बड़ी दिलचस्पी पैदा हो जाती है, और जो पल में बिलख उठती है और पल में हर्षित हो जाती है।

दूसरा पड़ाव था चेतनता। यह एक भरपूर अंगों वाली, उच्छृंखल जवानी के समान थी, जिसका रोष बड़ा प्रचंड होता है, बड़ा रक्तिम, जो जीवन के ग़लत मूल्यों से जब रूठ जाती है, मनने में नहीं आती और जो एक सर्प के समान नफ़रत को मणि समझकर अपने मस्तिष्क में सँभाले रखती है।

तीसरा पड़ाव था दिलेरी। वर्तमान को उधेड़ने वाली और भविष्य को सीने वाली दिलेरी। सपनों को ताश के पत्तों की भाँति मिलाकर और बाँटकर कोई खेल खेलने वाली दिलेरी, जिसकी कोई भी हार शाश्वत हार नहीं होती, जिसके पत्ते फिर से मिलाए जा सकते हैं और जीत की आशा फिर बाँधी जा सकती है।

और अब चौथा पड़ाव है अकेलापन।

तीन-चार वर्ष पहले जब वियतनाम के प्रेसीडेंट हो ची मिन्ह दिल्ली आए थे, तो एक मुलाक़ात में उन्होंने मेरा माथा चूमकर कहा था—'हम दोनों दुनिया के ग़लत मूल्यों से लड़ रहे हैं—मैं तलवार से, तुम क़लम से।' और हो ची मिन्ह के व्यक्तित्व का मुझ पर ऐसा प्रभाव पड़ा था कि उनके जाने के बाद मैंने एक कविता लिखी जो वियतनाम में 26 मई, 1958 के अख़बार 'न्हान दान' में छपी थी, पर यह नहीं मालूम कि वह हो ची मिन्ह की नज़र से गुज़री या नहीं।

फिर दिल्ली रेडियो के लिए जब 'विश्व के कुछ लोकगीत' अनुवाद करके एक धारावाहिक क्रम में प्रस्तुत किए, तो उन्हें पुस्तक-रूप में प्रकाशित करते समय वह पुस्तक 'आशमा' हो ची मिन्ह के शब्द दोहराते हुए उन्हें ही अर्पण कर दी थी। 1 मार्च, 1961 थी, जब वियतनाम से मुझे हो ची मिन्ह का तार आया—I send you my friendliest admiration and kindest greeting—तो मन की दशा कुछ बदली। साथ ही एक अंग्रेजी फ़िल्म याद आई जिसमें महारानी एलिज़ाबेथ जिस नवयुवक से मन-ही-मन प्यार करती हैं, उसे जब समुद्री जहाज़ देकर एक काम सौंपती हैं, तो दूर से दूरबीन लगाकर जाते हुए जहाज़ को देखकर परेशान हो जाती हैं। देखती हैं कि नौजवान प्रेमिका भी जहाज़ पर उसके साथ है। वे दोनों डैक पर खड़े हैं, उस समय महारानी को परेशान देखकर

उसका एक शुभचिंतक कहता है, 'मैडम ! लुक ए बिट हायर !' ऊपर, उस नवयुवक और उसकी प्रेमिका के सिरों से ऊपर, महारानी के राज्य का झंडा लहरा रहा था ।

और मैं अपने आप से स्वयं ही कहती—'अमृता ! लुक ए बिट हायर !' और मैं ज़िन्दगी की सारी हारों और परेशानियों से ऊपर देखने की कोशिश करने लगी, जहाँ मेरी कृति थीं, मेरी कविताएँ, मेरी कहानियाँ, मेरे उपन्यास…

ताशकंद

उस वर्ष ज़िन्दगी ने मेरी मदद की, मेरी नज़र ऊपर की । मार्च में ही मास्को की राइटर्स यूनियन की ओर से बुलावा मिला, और उजबेक कवयित्री ज़ुल्फ़िया ख़ानम का पत्र कि ताशकंद में मैं उसके घर उसकी मेहमान रहूँ । यह सारा श्रेय अपने रूसी दोस्तों को देती हूँ कि उन्होंने मेरे मन के बड़े नाज़ुक समय में मुझे यह बुलावा देकर मुझे उदासी की गहरी यंत्रणा से निकाल लिया । मैं 23 अप्रैल को ताशकंद चली गई । मेरी उस समय की, 1961 की, डायरी में कई प्यारे पलों की यादें अंकित हैं…

ज़ुल्फ़िया के दिल का जाम मुहब्बत से भरा हुआ था, और दस्तरख़्वान पर शीशे का प्याला अनार के रस से । दोनों लाल प्यालों से बारी-बारी घूँट भरते हुए मैं उजबेक पुस्तकों के पन्ने पलटती रही । मुझमें और पुस्तकों के बीच भाषा की दीवार है, पर एक पुस्तक की जिल्द पर एक प्यारी लड़की की तस्वीर है, जिसकी आँख में एक आँसू लटका हुआ है । लगा, वह आँसू भाषा की दीवार फाँदकर मेरे आँचल में आ गिरा । मैंने कहा, 'ज़ुल्फ़िया ! इन आँसुओं और औरत की आँखों का न जाने क्या रिश्ता है, कोई मुल्क हो यह रिश्ता बना ही रहता है…'

ज़ुल्फ़िया ने कहा, 'जब दो मन इस रिश्ते को समझ लेते हैं, तब उस समझ की बलिहारी', उनमें भी एक अटूट रिश्ता हो जाता है । मुझे लगता है, अमृता और ज़ुल्फ़िया भी जैसे एक औरत के दो नाम हैं…और ज़ुल्फ़िया ने मेरे लिए उन्नीसवीं शताब्दी की उजबेक कवयित्री नादिरा की कविताएँ पढ़ीं, और हम कितनी ही देर तक नादिरा और महज़ूना के काव्य में डूबे रहे…

आज समरकंद में एक कवि आरिफ़ ने 'लाला' के दो फूल लाकर हम दोनों को दिए । दोनों का रंग लाल, और एक-सी सुगंध थी, पर मैंने और ज़ुल्फ़िया ने आपस में वे फूल बदल लिए, जैसे मेरे देश में दो सहेलियाँ अपनी चुनरियाँ बदल लेती हैं…

जुल्फ़िया कहने लगी—'दो फूल, पर एक ख़ुशबू। दो देश, दो भाषाएँ, दो दिल, पर एक दोस्ती…'

फिर कुछ पल बाद जुल्फ़िया ने कहा, 'पर इन फूलों में दर्द का दाग़ नहीं है, हमारे दिलों में दर्द के दाग़ हैं…'

मुझे नादिरा का शेर याद आया, जिसमें वह बुलबुल से कहती है कि अगर तेरे गले के गीत चुक गए हैं, तो इस नादिरा के कलाम से फ़रियाद ले जा, और मैंने कहा, 'मैं लाला फूल से कहती हूँ कि अगर तुझे अपने दिल के लिए दर्द के दाग़ नहीं मिले, तो मुझसे या जुल्फ़िया से कुछ दाग़ उधार ले जा !'

जुल्फ़िया को कुछ याद आ गया। कहने लगी, 'हाँ, लाला के ऐसे भी फूल होते हैं, जिनकी छाती में काले दाग़ होते हैं। चलो, खेतों में फूल ढूँढ़ें !'

फिर मैं और जुल्फ़िया खेतों की मेंड़-मेंड़ चलते हुए वे दाग़दार फूल ढूँढ़ते रहे…

नबी जान, मेरा उजबेक दुभाषिया, साथ था। वह लाला का एक ख़ास फूल खोजकर ले आया, और मुझसे कहने लगा, 'इस फूल की छाती में हिज्र के काले दाग़ तो नहीं हैं, पर रोशनी के सिल्की दाग़ ज़रूर हैं।'

फूल की पंखुड़ियों में छिपे हुए सचमुच सिल्की रंग के निशान थे। मैंने उसका शुक्रिया अदा किया और जुल्फ़िया से कहा, 'ये दाग़ शायद इसलिए रोशन हैं, क्योंकि इनमें यादों के चिराग़ जल रहे हैं…'

जुल्फ़िया मुस्कराई, कहने लगी, 'अमृता, क्या यह यादें हमारी अपनी ही करामात नहीं हैं ? नहीं तो ये मर्द…'

और हम मर्दों की बात को बीच में ही छोड़कर अपनी कविताओं, अपनी करामातों की बातें करते रहे…

ताशकंद में आजकल हिन्दुस्तान से उर्दू कवि अली सरदार जाफ़री भी आए हुए हैं। आज अचानक मुलाकात हो गई तो जुल्फ़िया ने उन्हें अपने घर दावत पर बुला लिया। दावत में 'टोस्ट' पेश करते हुए जुल्फ़िया ने कहा, 'हमारे देश में छोटी लड़की को 'ख़ान' और बड़ी को 'ख़ानम' कहते हैं, सो अमृता का नाम बनता है अमृता ख़ानम। अगर हम अमृता लफ़्ज़ का उजबेक भाषा में अनुवाद करें, तो बनता है उलमस। सो मैं उलमस ख़ानम के नाम पर 'टोस्ट' पेश करती हूँ।'

जवाब में अली सरदार जाफ़री ने 'जुल्फ़' शब्द का अनुवाद हिन्दी में किया 'अलक' और जुल्फ़िया के नाम का भारतीयकरण करके 'टोस्ट' पेश किया 'अलका कुमारी के नाम !'

टोस्ट पेश करने की मेरी बारी आई, तो मैंने एक कविता की दो पंक्तियाँ पढ़ीं—

'चिराँ विछुन्नी क़लम जिस तरहाँ धुटके काग़ज़ दे गल लग्गी
भेद इशक दा खुलदा जावे…
इक्क सतर पंजाबी दे विच, इक्क सतर उज़्बेक सुणी वे,
फेर क़ाफ़िया मिलदा जावे…'[1]

उज़्बेकिस्तान की एक वादी का नाम खाबींद हसीना हुआ करता था, सोयी हुई सुंदरी, पर अब जब वह समाजवादी राज्य के बाद कामों से ब्याही गई है, तो उसका नाम फ़रग़ाना वादी हो गया है। यहाँ रेशम की मिलें हैं। लोग कहते हैं—'एक वर्ष में यह वादी जितना रेशम बुनती है, अगर उसका एक सिरा धरती पर रखें, तो दूसरा सिरा चाँद तक पहुँच जाएगा…' इन रेशम की मिलों की डायरेक्टर औरतें हैं, उन्होंने अपनी मिलें दिखाईं, मुझे रंगीन रेशम का एक कपड़ा सौग़ात दिया, और मुझसे संदेशा माँगा। कल पहली मई है, विश्व भर के मज़दूरों का दिन—सो, दो पंक्तियों की एक कविता में संदेशा दिया—

'कुड़िये रेशम कत्तदीए ?
मई महीना पूरन आया, लक्ख मुरादाँ तेरियाँ
कुड़िये सुपणे उणदीए !
पच्छी दे विच रख लै लख दुआवाँ मेरियाँ…'[2]

एना ख़ान ने दस्तरख़्वान पर कोन्याक, शहद और अनार का रस रखकर मुझसे पूछा, 'बताओ, मेरी मेहमान ! मैं तुम्हारे लिए क्या गाऊँ ?'

मैंने कहा, 'ऐना, अपने देश का वह गीत गाओ, जो कोन्याक जैसा तल्ख़ हो, शहद जैसा मीठा और अनार के रस जैसा लाल…'

वह हँसने लगी—'अच्छा, और भेड़ के भुने हुए मांस जैसा आशिक़ाना गीत !'

उसने और लाला ख़ानम ने आज बहुत प्यारे गीत गाए। अंत में लाला ख़ानम ने

---

1. चिरकाल से बिछुड़ी हुई क़लम जिस तरह कसकर काग़ज़ के गले लगी है
और इश्क़ का राज़ खुलता जा रहा है
एक पंक्ति पंजाबी में है, और एक पंक्ति उज़्बेक में
फिर भी क़ाफ़िया मिलता जा रहा है।
2. रेशम बुनने वाली दोशीज़ा !
मई का महीना तेरी लाखों मुरादें पूरी करने के लिए आया है।
सपने बुनने वाली सुन्दरी !
अपनी डलिया में मेरी लाखों दुआएँ रख लो !

यह भी गाया—'यह हमारे माथे का नसीब कि हमने तुझे ढूँढ़ लिया, आज तू हमारे देश की मेहमान···'

इस दस्तरख़्वान के लिए शुक्रिया अदा करते हुए मेरे दिल की तहें भी उनके प्यार से भीग गईं। कहा, 'कभी मैंने एक गीत लिखा था कि ज़िन्दगी मुझे अपने घर बुलाकर मेहमाननवाज़ी करना भूल गई, पर आज मैं अपना यह शिकवा वापस लेती हूँ···'

आज ताशकंद से स्तालिनाबाद आई हूँ। जुल्फ़िया साथ नहीं आ सकी, अकेली आई हूँ। हवाई अड्डे पर कितने ही ताजिक लेखक आए हुए हैं, उनमें ताजिकिस्तान के सबसे बड़े कवि मिर्ज़ा तुर्सनज़ादे भी हैं···

उनसे मिली तो मैंने कहा, 'महान ताजिक शायर को मेरा सलाम ! आपके लिए लाए हुए एक और सलाम की मैं क़ासिद भी हूँ, वह सलाम जुल्फ़िया का है। हमारे उर्दू शायर फ़ैज़ अहमद 'फ़ैज़' के शब्दों में—'शायर सलाम लिखता है तेरे हुस्न के नाम !'

तो मिर्ज़ा तुर्सनज़ादे बहुत हँसे, 'एक सलाम जुल्फ़िया का, दूसरा फ़ैज़ के लफ़्ज़ों में, तीसरा ऐसे क़ासिद के हाथ, मेरा हाल क्या होगा ?'

शहर से बीस मील दूर पहाड़ के दामन में एक नदी के किनारे लेखक-गृह बने हुए हैं। इस नदी का नाम है 'वरज़-आब' (नाचता हुआ पानी)। यहाँ आज ताज़िक लेखकों ने मुझे रात के खाने की दावत दी। अमन के, दोस्ती के और क़लमों की अमीरी के नाम जाम भरते हुए, और 'टोस्ट' देते हुए सबने बारी-बारी बहुत प्यारी कविताएँ पढ़ीं। फिर अचानक नन्ही-नन्ही बूँदें बरसने लगीं, तो मिर्ज़ा तुर्सनज़ादे ने कहा, 'आज हमने मिट्टी में दो देशों की दोस्ती का बीज बोया है, सो आसमान पानी देने आया है···'

एक कवि ने पूछा, 'आपके देश में, सुना है, एक आशिक़ों का दरिया है, उसका नाम क्या है ?'

मैंने बताया, 'चिनाब', और कहा—'आपके देश में वरज़-आब ! सो, देख लीजिए हमारे दरियाओं का क़ाफ़िया भी मिलता है···'

अज़रबैजान की राजधानी बाकू में भी बड़े अच्छे लोग मिले, विशेषकर वहाँ की लेखिकाएँ, निगार ख़ानम और लगभग पचीस पुस्तकों की लेखिका मिखारद ख़ानम दिलबाज़ी, और ईरानी कवयित्री मदीना गुलगुन। उन तीनों में मैं चौथी सहेली की भाँति हिल-मिल गई। तो अपनी कविताएँ पढ़ते हुए हमने दूर उज़बेकिस्तान में बैठी जुल्फ़िया को भी याद किया। उसकी एक कविता पढ़ी, तो वहाँ के विख्यात कवि रसूल रज़ा ने जो 'टोस्ट' पेश

किया, वह अभी तक मेरी डायरी में लिखा हुआ है—'यह तो पाँच शायर औरतें मिल गई हैं, पाँच पानियों की तरह, और यहाँ अज़रबैजान की राजधानी बाकू में पूरा पंजाब बन गया। सो, मैं पंजाब की सलामती के जाम पीती हूँ...'

इसी महफ़िल में बारहवीं शताब्दी की एक अज़री कवयित्री महसती गंजवी का कलाम भी पढ़ा गया, और तब मैंने इस महफ़िल को 'आठ शताब्दियों की महफ़िल कहकर कहा, 'कभी मैंने एक कविता लिखी थी—मिल गई थी इसमें एक बूँद तेरे इश्क़ की, इसीलिए मैंने उम्र की सारी कड़वाहट पी ली, पर आज इस महफ़िल में बैठे हुए मुझे लग रहा है कि मेरी उम्र के प्याले में इंसानी प्यार की बहुत-सी बूँदें मिल गई हैं, और उम्र का प्याला मीठा हो गया है।'

बीस साल लम्बा सपना

एक और सपना था, जिसने मेरी उठती जवानी को अपने धागों में लिपटा लिया। हर तीसरी या चौथी रात देखती थी—कोई दो मंज़िला मकान है, वह बिल्कुल अकेला, आसपास कोई बस्ती नहीं, चारों ओर जंगल है, और जहाँ वो मकान है, उसके एक तरफ़ नदी बहती है। नदी की ओर उस मकान की दूसरी मंज़िल की एक खिड़की खुलती है, जहाँ कोई खड़ा खिड़की से बाहर जंगल के पेड़ों को व नदी को देख रहा है।

मुझे सिर्फ़ उसकी पीठ दिखाई देती थी, और सिर्फ़ इतना कि गर्म चादर उसके कंधों पर लिपटी होती थी, या कभी वह खिड़की के पास में लगी मेज़ पर रखी किसी कैनवास को पेंट कर रहा होता था। उस हालत में भी मुझे सिर्फ़ उसका दायाँ कंधा दिखाई देता था, दायीं बाँह और चेहरे का थोड़ा-सा हिस्सा, जिससे कोई पहचान नहीं होती थी कि वह कौन है, न कभी यह पता चलता था कि वह हर तीसरी-चौथी रात मुझे क्यों दिखाई देता था...और इस सपने का कोई भी रहस्य मेरी पकड़ में नहीं आता था।

साहिर के नाम जो आख़िरी ख़त लिखा था, वह किताबी सूरत में प्रकाशित होना था, जिसके लिए किसी चित्रकार की ज़रूरत थी, सोचती थी कि उसके कुछ हिस्से चित्रित हों।

दिल्ली में उन दिनों सेठी चित्रकार का नाम सुनाई देता था। अदबी हलक़े में एक देवेन्द्र था जो मुझे संजीदा लगा था। उसके साथ बात की, वह सेठी को जानता था, पर उसे सेठी ने कहा—बम्बई से आजकल एक चित्रकार आया हुआ है, शमा के दफ़्तर में काम करता है, उसकी कला में जो बारीकी है, वह मेरे दफ़्तर के चित्रकारों के पास नहीं,

और एक दिन देवेन्द्र उस चित्रकार को ले आया 'आख़री ख़त' को चित्रित करने के लिए…

'आख़री ख़त' किताब छपी, पंजाबी में भी, हिन्दी में भी, लेकिन ये दोनों ज़बानें ख़ामोश की ख़ामोश रह गईं कि वो साहिर तक नहीं पहुँच सकती थीं, जिसके लिए वो आख़री ख़त लिखा था…

'शमा' उर्दू की महीनेवार पत्रिका थी और उन दिनों 'शमा' वालों ने एक और पत्रिका शुरू की, 'आईना'। 'आईना' में आख़री ख़त प्रकाशित करवाया कि शायद उसकी नज़र से गुज़र जाए…

इसके बाद एक ख़ामोशी थी—और कुछ नहीं।

ये बात बरसों के बाद पता चली, साहिर की ज़बानी, "मैंने जब 'आईना' में आख़री ख़त पढ़ा, दिल में आया अभी अब्बास के घर जाऊँ, कृश्न चंदर के घर जाऊँ, और दोस्तों के घर भी, और कहूँ कि यह ख़त मेरे नाम लिखा हुआ है, लेकिन मैं चुप रह गया। लगा कि जब यह कहूँगा तो वह दोस्त कहेंगे—हाँ-हाँ, तेरे नाम लिखा हुआ है, चलो बेटा, तुम्हें पागलख़ाने छोड़ आते हैं।"

यह साहिर की एक ख़ामोशी थी, जिसे मेरी ज़िन्दगी के बरसों के बरस कभी समझ नहीं पाए; और शायद वो भी अपनी ख़ामोशी को नहीं समझ पाता था।

पर यह बात उन दिनों की है, जब मैं उस ख़ामोशी में से गुज़र रही थी। और ख़ामोशी की बर्फ़ से भी टूटती-पिघलती नहीं थी।

एक दिन अचानक इमरोज़ (उन दिनों उसका नाम इंद्रजीत चित्रकार था) अपने दफ़्तर से दोपहर के ख़ाली समय में मेरे पास आया। बहुत ख़ुश। उसे बम्बई के फ़िल्म डायरेक्टर गुरुदत्त का ख़त आया था, जिसने बुला भेजा था, उसे अपनी फ़िल्मों में काम करने के लिए। तनख़्वाह की पेशकश भी अच्छी थी, रिहाइश का बंदोबस्त भी और आर्टिस्ट ख़ुश था…

मैं ख़ुश थी कि उसने अपनी कला की इस क़द्रदानी की बात सबसे पहले मुझे सुनानी चाही थी।

ख़ुदा जानता है मैं चेतन तौर पर कुछ भी उसके साथ जोड़कर नहीं देखती थी, पर उस समय लगा, जैसे मेरे से कुछ छूट रहा हो। एक बार इसी बम्बई ने मेरे से साहिर ले लिया था, और अब वही बम्बई दूसरी बार…

इस 'दूसरी बार' लफ़्ज़ का रहस्य मैं नहीं जानती थी, सिर्फ़ तकदीर जानती थी…

आँखों का पानी सँभल नहीं रहा था, इसलिए पास की मेज़ से कोई रिसाला उठाकर

मैंने आँखों के सामने रख लिया ।

उन दिनों जब कभी उसके साथ मुलाक़ात होती थी, हमेशा किसी किताब की बात होती थी कि मैं क्या पढ़ रही हूँ, या उसने आजकल क्या पढ़ा है । कमरे में एक ख़ामोशी ठहर गई थी, शायद इसलिए उसने पूछा—आजकल कोई नई किताब पढ़ी है ?

उस वक़्त मुझे एक किताब याद आई, अंग्रेज़ी का एक नॉवल । किताब का नाम याद नहीं आया, लिखने वाले का नाम भी याद नहीं आया, पर एक गहरा एहसास हुआ कि उस नॉवल की कहानी आज मेरे साथ गुज़र रही थी···

और मैंने वह कहानी उसे सुनाई, "हाँ, एक नॉवल पढ़ा है । एक बहुत बड़े शायर की कहानी है, जिसे ख़ुदा की तरफ़ से दिल मिला था, पर सूरत नहीं मिली थी । उसे एक बहुत हसीन लड़की से मुहब्बत हो जाती है, एक दीवानगी की हद तक, पर वह कभी अपनी मुहब्बत को ज़बान पर नहीं ला सका···

"उसी का एक दोस्त बहुत अमीर और बहुत ख़ूबसूरत था, जो उसी लड़की से मुहब्बत करने लगा, लेकिन उसके पास कुछ भी कह पाने के लिए अलफ़ाज़ नहीं थे । उस वक़्त वो शायर दोस्त अपने सारे एहसास को लफ़्ज़ों में ढाल कर वे लफ़्ज़ उसे दे देता है, और वह उस सुंदरी के पास जाकर जो कुछ कहता है, आवाज़ उसकी होती है, लेकिन लफ़्ज़ उसके दोस्त के···

"वह सुंदरी फ़िदा हो जाती है उसके अंदाज़ पर । साथ ही वह इतना ख़ूबसूरत और अमीर था कि कुछ दिनों की मुलाक़ात के बाद वह उससे ब्याह कर लेती है···"

फिर इत्तफ़ाक होता है कि जंग शुरू हो जाती है और दोनों दोस्तों को महाज़ पर जाना पड़ता है । वहाँ से उस सुंदरी का ख़ाविंद जो ख़त लिखता है, बड़े शायराना ख़त, वो सभी उसके दोस्त के लिखवाए हुए होते हैं ।

उसी जंग में उस सुंदरी का ख़ाविंद मारा जाता है और उसका दोस्त बहुत ज़ख़्मी हालत में उस शहर के अस्पताल में भेज दिया जाता है । उस हसीना को जब पता चलता है, तो अस्पताल में आती है । उस दोस्त से अपने मर चुके ख़ाविंद की बातें सुनने के लिए और एक शाम वो सारे ख़त भी लाती है उसे दिखाने के लिए कि देखो, वह कितना नफ़ीस आदमी था ।

अस्पताल में दोस्त के बिस्तर के पास बैठी वह सारे ख़त उसे देती है, कहती है, "अब तुम पढ़ो ज़रा ऊँची आवाज़ में, मैं आँखें बंद करके सुनूँगी, तो लगेगा, जैसे उसी की आवाज़ सुन रही हूँ···

"ख़त पढ़ते-पढ़ते गहरी शाम हो जाती है, कमरे में बत्ती जलाने का किसी को ध्यान नहीं आता, और अचानक वह चौंक जाती है कि वह दोस्त इतने अँधेरे में ये ख़त कैसे

पढ़ रहा है ?

"ख़त का अक्षर-अक्षर पढ़ने वाले की छाती में लिखा हुआ था । उसे बाहर की रोशनी की भी ज़रूरत नहीं थी और उस समय वह हसीना उस रहस्य को पा लेती है, जो उसने अभी तक नहीं पाया था···

"वह दोस्त अच्छी हालत में नहीं था दूसरे रोज़ जब उसकी मौत की ख़बर मिलती है तो वो सुंदरी भाग कर अस्पताल में आती है, उसके होंठ चूमती है और कहती है, 'आई लव्ड वन मैन, बट लौस्ट हिम ट्वाइस ।' "

यह कहानी थी जो उस वक़्त मैंने चित्रकार को सुनाई, मन में यक़ीन था कि इस कहानी से वह मेरे किसी एहसास का पता नहीं पा सकेगा ।

वह बम्बई चला गया । मेरे ख़याल में हमेशा के लिए पर तीन दिन गुज़रे थे । जब बम्बई से उसका फ़ोन आया—"मैं कल वापस आ जाऊँगा । यहाँ नौकरी का सारा सिलसिला ठीक है, गुरुदत्त मुझे अच्छा लगा है, पर मुझे लगता है, मैं यहाँ रह नहीं सकूँगा ।

मैंने पूछा—क्यों ? तो उसने सिर्फ़ इतना कहा—पता नहीं···

आने वाली ज़िन्दगी का कुछ अनुमान-सा भी, न मुझे था, न उसे, पर लगता है—तक़दीर सब कुछ जानती थी···

उस वक़्त तक मैंने अपने बीस साल लम्बे सपने को कभी उसके साथ जोड़कर नहीं देखा था, लेकिन यह एक हक़ीक़त है कि उससे मिलने के बाद फिर कभी मुझे वह सपना नहीं आया ।

आधी रोटी पूरा चाँद

वह पूरे चाँद की रात थी । बात शायद 1959 की है, मैं दिल्ली रेडियो में काम करती थी, और वापसी पर मुझे दफ़्तर की गाड़ी मिलती थी । एक दिन दफ़्तर की गाड़ी मिलने में बहुत देर हो गई उस दिन इमरोज़ मुझसे मिलने के लिए वहाँ आया हुआ था, और जब गाड़ी का इंतज़ार करते-करते बहुत देर हो गई, तो उसने कहा—चलो, मैं घर छोड़ आता हूँ ।

वहाँ से चले, तो बाहर पूरे चाँद की रात देखकर कोई स्कूटर-टैक्सी लेने के लिए मन नहीं किया । पैदल चल दिए पटेल नगर । पहुँचते-पहुँचते बहुत देर हो गई थी, इसलिए मैंने घर के नौकर से कहा कि मेरे लिए जो कुछ भी पका हुआ है, वह दो थालियों

में डालकर ले आए ।

रोटी आई, तो हर थाली में बहुत छोटी-छोटी एक-एक तंदूरी रोटी थी । मुझे लगा एक रोटी से इमरोज़ का क्या होगा, इसलिए उसकी आँख बचाकर मैंने अपनी थाली की एक रोटी में से आधी रोटी उसकी थाली में रख दी ।

बहुत बरसों के बाद इमरोज़ ने कहीं इस घटना को लिखा था—'आधी रोटी; पूरा चाँद'—पर उस दिन तक हम दोनों को सपना-सा भी नहीं था कि वक़्त आएगा, जब हम दोनों मिलकर जो रोटी कमाएँगे आधी-आधी बाँट लेंगे···

एक वाक़या

समुद्र में तूफ़ान उठता है, तो लहरें उसकी ख़बर देती हैं, लेकिन कई बार मन में उठते हुए तूफ़ान की बाहर से किसी को ख़बर नहीं मिलती ।

मैं चार साल की थी, जब माँ ने नज़दीक के रिश्ते से लगती, मेरी बुआ के बेटे से मेरी सगाई कर दी थी । फिर माँ नहीं रही, तो पिता ने मेरे ब्याह का फ़र्ज़ पूरा किया, 1936 में । वे बहुत अच्छे लोग थे, पर लगा, तक़दीर ने किसी बेपरवाही में मेरे और उन अच्छे लोगों के नसीबों पर दस्तख़त कर दिए···

छोटी-सी थी जब से एक साये से बातें करती रहती थी, और वो शायद मेरे किसी पूर्व जन्म का साया था कि मैं उसे तलाशती रहती थी···

वे दिन देश की तक़सीम से पहले के दिन थे । माँ नहीं रही थी, बहन-भाई कोई नहीं था, और मेरे पिता हज़ारीबाग़ में ज़मीन लेकर एक कुटिया बसाने के लिए चले गए थे···और मन की बातें करने के लिए मेरा कोई नहीं था ।

डॉ० लतीफ़ लाहौर के एफ०सी० कॉलेज में पढ़ाते थे । मनोविज्ञान के माहिर कहे जाते थे, इसलिए मैं उनसे मिली थी । उन्होंने बहुत वक़्त दिया, कई दिन । उनके कई सवालों के जवाब में जो था, वही कहती रही कि इस ब्याही ज़िन्दगी में मुझे कोई तकलीफ़ नहीं, सिर्फ़ एक बात है कि मुझे अपना आप ज़िन्दा नहीं लगता···

एक दिन उन्होंने पूछा कि मैं किसी और से मोहब्बत करती हूँ ? मैंने कहा—नहीं । यह सच था । वह भी जानते थे और मैं भी कि ज़हन में बसे हुए साये घर की छत नहीं बनते ।

इसलिए वह पूछने लगे—लेकिन घर छोड़कर जाओगी कहाँ ?

मैंने कहा—प्रीत नगर चली जाऊँगी गुरुबख़्श सिंह जी बहुत बड़े साहित्यकार हैं और

मैं साहित्यिक काम कर सकती हूँ···

उस वक़्त डॉ० लतीफ़ ने मेरा हाथ पकड़ लिया, पकड़ा नहीं थाम लिया। कहने लगे—"ऐसा नहीं करना। मैं गुरुबख़्श सिंह को ज़ाती तौर पर जानती हूँ, तुम्हारी सारी इन्डिविजुअलिटी और क्रिएटिविटी ख़त्म हो जाएगी।"

कई बातें ऐसी होती हैं जो ख़ास नहीं लगतीं, लेकिन बरसों के बाद उनके अर्थ, तक़दीरी अर्थ हो जाते हैं। डॉ० लतीफ़ वाली मुलाक़ात का ज़िक्र मैंने कभी गुरुबख़्श सिंह जी से नहीं किया था, लेकिन एक बार इतना ज़रूर कहा था कि एक वक़्त आया था, मैंने सब कुछ छोड़कर आपके पास प्रीत नगर रहने का सोचा था।

उन्होंने प्यार से कहा, "अगर आ जाती, तो मैं अपने पत्र 'प्रीत लड़ी' का सम्पादन दे देता···"

फिर कई बरस गुज़र गए, जब मैं और इमरोज़ बम्बई रहते थे, वहाँ गुरुबख़्श सिंह जी मिलने के लिए आए। उस समय सारा समाज मुझसे रूठा हुआ था, इसलिए गुरुबख़्श सिंह जी का आकर मेरा हाल पूछना मुझे बहुत अच्छा लगा।

बम्बई वाला घर अभी ठीक-सी हालत में नहीं था, चौके में अभी चकला तक नहीं था और मैं थाली को औंधी करके बेलन से रोटी बेल रही थी। गुरुबख़्श सिंह जी ने देखा, कहा कुछ नहीं, लेकिन बाद में किसी से कहा—"अगर यह क़दम उठाना ही था, तो कोई अमीर आदमी खोजती।"

उस घड़ी मैंने जाना कि डॉ० लतीफ़ ने मेरी कच्ची उम्र में मेरा हाथ पकड़कर जिस राह से रोका था, उसके अर्थ सचमुच तक़दीरी अर्थ थे।

मुझे जिस हालत में देखकर गुरुबख़्श सिंह जी ने जो सोचा और कहा था, मैं उस हालत में लिख रही थी—

हमने आज यह दुनिया बेची
और एक दीन ख़रीद के लाए
बात कुफ्र की, की है हमने

सपनों का एक थान बुना था
गज़ एक कपड़ा फाड़ लिया
और उम्र की चोली सी है हमने

अम्बर की एक पाक सुराही
बादल का एक जाम उठा कर

घूँट चाँदनी पी है हमने

हमने आज यह दुनिया बेची…

सिर्फ़ औरत

मैं औरत थी, चाहे बच्ची-सी, और यह ख़ौफ़-सा विरासत में पाया था कि दुनिया के भयानक जंगल में से मैं अकेली नहीं गुज़र सकती, और शायद इसी भय में से अपने साथ के लिए मर्द के मुँह की कल्पना करना—मेरी कल्पना का अंतिम साधन था…

पर इस मर्द शब्द के मेरे अर्थ कहीं भी पढ़े, सुने या पहचाने हुए अर्थ नहीं थे। अंतर में कहीं जानती अवश्य थी, पर अपने आपको भी बता सकने की सामर्थ्य मुझमें नहीं थी। केवल एक विश्वास-सा था—कि देखूँगी तो पहचान लूँगी।

पर दूर मीलों तक कहीं भी कुछ दिखाई नहीं देता था।

और इस प्रकार वर्षों के कोई अड़तीस मील गुज़र गए।

मैंने जब उसे पहली बार देखा…तो मुझसे भी पहले मेरे मन ने उसे पहचान लिया। उस समय मेरी आयु कोई अड़तालीस वर्ष थी…

यह कल्पना इतने वर्ष जीवित रही, और इसके अर्थ में जीवित रहे—इस पर चकित हो सकती हूँ, पर हूँ नहीं, क्योंकि जान लिया है कि यह मेरे 'मैं' की परिभाषा थी—थी भी, और है भी।

मैं उन वर्षों में नहीं मिटी, इसलिए वह भी नहीं मिटी…

यह नहीं कि कल्पना से शिकवा नहीं किया, उस आयु की कई कविताएँ निरी शिकवा ही हैं, जैसे—

'लक्ख तेरे अम्बाराँ बिच्चों, दस्स की लभ्भा सान्नू
इक्को तंद प्यार दी लभ्भी, ओह वी तंद इकहरी'…[1]

पर यह इकहरा तार वर्षों के बीतने पर भी क्षीण नहीं हुआ। उसी तरह मुझे अपने में लपेटे हुए मेरी उम्र के साथ चलता रहा…

कई हादसे हुए पर कल्पना, जो मेरे अंगों की तरह मेरे बदन का हिस्सा थी, वह मेरे बदन में निर्लेप होकर बैठी रही…

---

1. तेरे लाखों अम्बारों में से बताओ हमें क्या मिला
प्यार का एक ही तार मिला, वह भी इकहरा…

उसे कई वर्ष समाज ने भी समझाया, और कई वर्ष मैंने स्वयं भी, पर उसने पलकें नहीं झपकायीं। वह कई वर्षों के पार—उस वीरानगी की ओर देखती रही, जहाँ कुछ भी नज़र नहीं आता था···

और जब उसने पलकें झपकायीं, तब मेरी उम्र को अड़तालीसवाँ वर्ष लगा हुआ था···

और तब···मैंने जाना···कि क्यों उसे, उससे कुछ अलग, या आधा, या लगभग-सा कुछ भी नहीं चाहिए था।

यूँ तो—मेरे भीतर की औरत सदा मेरे भीतर के लेखक से दूसरे स्थान पर रही है···कई बार यहाँ तक कि मैं अपने भीतर की औरत का अपने आपको ध्यान दिलाती रही हूँ। 'सिर्फ़ लेखक' का रूप सदा इतना उजागर होता है कि मेरी अपनी आँखों को भी अपनी पहचान उसी में मिलती है।

पर ज़िन्दगी में तीन वक़्त ऐसे आए हैं, मैंने अपने अंदर की 'सिर्फ़ औरत' को जी भरकर देखा है। उसका रूप इतना भरा-पूरा था कि मेरे अंदर के लेखक का अस्तित्व मेरे ध्यान से विस्मृत हो गया। वहाँ, उस समय, कोई थोड़ी-सी भी ख़ाली जगह नहीं थी, जो उसकी याद दिलाती। यह याद केवल अब कर सकती हूँ—वर्षों की दूरी पर खड़े होकर।

पहला वक़्त तब देखा था जब मेरी उम्र पचीस वर्ष की थी। मेरे कोई बच्चा नहीं था और मुझे प्रायः रात को एक बच्चे का स्वप्न आया करता था। एक छोटा-सा चेहरा, बड़े तराशे हुए नक़्श, सीधा टुकुर-टुकुर मेरी ओर देखता हुआ, और कई बार यही स्वप्न देखने के कारण मुझे उस बच्चे के चेहरे की पक्की पहचान हो गई थी। स्वप्न में वह मुझसे बात भी करता था, रोज़ एक ही बात, और मुझे उसकी आवाज़ की पूरी पहचान हो गई थी। स्वप्न में मैं पौधों में पानी दे रही होती थी, और अचानक एक गमले में फूल खिलने की जगह एक बच्चे का चेहरा खिल उठता था···

मैं चौंककर पूछती थी—'तू कहाँ था ? मैं तुझे ढूँढ़ती रही···'

और वह चेहरा हँस पड़ता था—'मैं यहीं था, छिपा हुआ था।'

और मैं जल्दी से गमले में से बच्चे को उठा लेती थी।

जब मैं जाग जाती थी, मैं वैसी की वैसी ही होती थी, सूनी, वीरान और अकेली। एक 'सिर्फ़ औरत', जो अगर माँ नहीं बन सकती थी, तो जीना नहीं चाहती थी।

और जब मैंने अपनी कोख से आए बच्चे को देख लिया, तो मेरे भीतर की निरोल औरत उसे देखती रह गई।

दूसरी बार ऐसा ही समय मैंने तब देखा था, जब एक दिन साहिर आया था, तो उसे हलका-सा बुखार चढ़ा हुआ था। उसके गले में दर्द था, साँस खिंचा-खिंचा था। उस दिन उसके गले और छाती पर मैंने 'विक्स' मली थी। कितनी ही देर मलती रही थी, और तब लगा था, इसी तरह पैरों पर खड़े-खड़े मैं पोरों से, उँगलियों से और हथेली से उसकी छाती को हौले-हौले मलते हुए सारी उम्र गुज़ार सकती हूँ। मेरे अंदर की 'सिर्फ़ औरत' को उस समय दुनिया के किसी काग़ज़-क़लम की आवश्यकता नहीं थी।

और तीसरी बार यह 'सिर्फ़ औरत' मैंने तब देखी थी, जब अपने स्टूडियो में बैठे हुए इमरोज़ ने अपना पतला-सा ब्रुश अपने काग़ज़ के ऊपर से उठाकर उसे एक बार लाल रंग में डुबोया था, और फिर उठकर उस ब्रुश से मेरे माथे पर बिंदी लगा दी थी···

मेरे भीतर की इस 'सिर्फ़ औरत' की 'सिर्फ़ लेखक' से कोई अदावत नहीं। उसने आप ही उसके पीछे, उसकी ओट में खड़े होना स्वीकार कर लिया है—अपने बदन को उसकी आँखों से चुराते हुए, और शायद अपनी आँखों से भी, और जब तक तीन बार उसने अगली जगह पर आना चाहा था, मेरे भीतर के 'सिर्फ़ लेखक' ने पीछे हटकर उसके लिए जगह ख़ाली कर दी थी।

सफ़र की डायरी

मुझे डायरी लिखने की आदत नहीं है, पर सफ़र में लिखती हूँ—

अजीब अकेलेपन का एहसास है। हवाई जहाज़ की खिड़की से बाहर देखते हुए अच्छा लगता है, जैसे किसी ने आसमान को फाड़कर उसके दो भाग कर दिए हों। प्रतीत होता है—फटे हुए आसमान का एक भाग मैंने नीचे बिछा लिया है, दूसरा अपने ऊपर ओढ़ लिया है···मास्को पहुँचने में अभी दो घंटे बाकी हैं, पर ख़यालों के अकेलेपन से चलकर कहीं पहुँचने में अभी मालूम नहीं कितना समय बाकी है···

24 मई, 1966

जहाँ तक दृष्टि जाती है, धरती पर बादलों के खेत उगे हुए दिखाई देते हैं। किसी जगह कहीं-कहीं, जैसे बादलों के बीज कम पड़े हों, पर किसी जगह इतने घने हैं, मानो बादलों की खेती बड़ी भरकर हुई हो और इन खेतों पर से गुज़रता हुआ हवाई जहाज़ बादलों की कटाई करता हुआ प्रतीत होता है। और ऐसा लगता है, जैसे गेहूँ के खेतों में घूमते हुए गेहूँ का दाना मुँह में डालकर कभी आदम बहिश्त से निकाला गया था, उसी

तरह बादलों के खेतों में चलते हुए इन खेतों की सुगंध पीकर आज आदम धरती से निकाला गया है···

सोफ़िया के हवाई अड्डे पर बिल्कुल अजनबी-सी खड़ी हूँ। अचानक किसी ने लाल फूलों का एक गुच्छा हाथ में पकड़ा दिया है, और साथ ही पूछा है, 'आप अमृता···?' और मैं लाल फूलों की उँगली पकड़ अजनबी चेहरों के शहर में चल दी हूँ···

25 मई, 1966

अभी बल्गारिया के राष्ट्रीय नेता गेओर्गी दिमीत्रीफ़ को देखा है, जिसकी रूह लोगों ने अपनी रूह में बसा ली है, और जिसका शरीर विज्ञान की सहायता से सँभाल लिया गया है···उसे 1933 में हिटलर ने क़ैद कर लिया था। उस समय लेखकों ने ही उसे बचाने की कोशिश की थी। फ्रांस के रोम्यां रोलां ने उसके लिए क़लमी संघर्ष आरंभ किया था, और उसने स्वतंत्र होकर फिर 1944 में बल्गारिया को फ़ासिस्ट शासन से स्वतंत्र करवा लिया था। आज लोग मुझसे कह रहे हैं—'यह हमारा दिमीत्रोफ़ आपके गांधी जैसा है, आपके नेहरू···'

25 मई, 1966

अपने देश को जर्मन जुए से स्वतंत्र कराने वाले बल्गारियन सिपाहियों के बुत देख रही हूँ। तीन किलोमीटर लम्बे और इतने ही चौड़े घेरे में बना हुआ बुतों का यह बाग़ स्वतंत्रता का बाग़ कहलाता है···ये बुत गुलाम ज़िन्दगी की पीड़ाओं की और स्वतंत्र ज़िन्दगी के इश्क़ की मुँह-बोलती तस्वीरें हैं···

26 मई, 1966

आज दोपहर विदेशों से सांस्कृतिक संबंधों के विभाग के वाइस प्रेसिडेंट प्रोफ़ेसर स्टेफ़ान स्टैन्टशेव से बहुत दिलचस्प मुलाक़ात हुई। बड़े गंभीर व्यक्ति हैं, इसलिए प्रेस के सेंसर के बारे में मैं बातें कर सकी। कहा, 'यह ठीक है कि लिखने-बोलने की स्वतंत्रता में जब लिखने-बोलने वाले को उत्तरदायित्व की पहचान नहीं होती, तब बहुत कुछ ग़लत भी अस्तित्व में आ जाता है, पर इसके दूसरे पक्ष के बारे में सोच रही हूँ कि अगर लिखित उत्तरदायित्व पूर्ण हो, पर भिन्न विचारों और भिन्न दृष्टिकोण के कारण भिन्न प्रकार का हो, तो उसका क्या होगा ?'

उनका उत्तर भी सँभला हुआ है—'हमारी संस्था दृष्टि को विशाल रखती है, नए प्रयोगों को परवान करती है, पर हो सकता है कि इसकी परिधि कुछ अच्छी कृतियों के लिए हानिकारक भी हो···पर बीमार साहित्य के अस्तित्व में आने की अपेक्षा यह कम हानिकारक है···'

जानती हूँ, समय ठहर नहीं सकता, प्रश्न भी ठहर नहीं सकता। यह समाजवादी अवस्था में भी रास्ता खोजेगा। आज की बातचीत का वातावरण खुशगवार है, मिस्टर स्टैन्टशेव कह रहे हैं, 'बुरे से श्रेष्ठ तक पहुँचे हैं, श्रेष्ठतम तक भी पहुँचेंगे···'

27 मई, 1966

आज बल्गारियन लेखकों की महफ़िल में कविताएँ पढ़ीं। अर्थों की तह में उतर जाने के लिए भाषा की मजबूरी का बंद दरवाज़ा कभी बल्गारियन, कभी रूसी और कभी फ्रेंच शब्द से खोला जा रहा था। वहाँ यूगोस्लाविया से आए हुए मेहमान कवि ज्लात्को गोर्यान ने मेरी सबसे अधिक सहायता की। गोर्यान को फ्रेंच और जर्मन से अंग्रेज़ी में अनुवाद करने का बहुत अनुभव है। इसीलिए आज उन्होंने मुझ पर बहुत प्यारा-सा एहसान किया है—'मैं आपका सबसे अच्छा दोस्त हूँ। आप यूगोस्लाविया के इस दोस्त को याद रखिएगा। इसने आपकी कविताओं के अर्थ करने में बहुत मदद की है···'

29 मई, 1966

आज शाम बल्गारिया के महान् लेखकों, ईवान वाज़ोव, पीयो यावोरोव और निकोला वापत्सारोव के ऐतिहासिक घरों को देखा। वापत्सारोव की कविताओं का पंजाबी अनुवाद मैंने कई वर्ष हुए किया था। वह मेरी अनुवाद की हुई पंजाबी पुस्तक भी उसके ऐतिहासिक घर में रखी हुई है। आज उसकी मेज़ को, उसके क़लम को, उसकी चाय की केतली को हाथों से छुआ, तो आँखें भर-भर आईं। लगा, कई वर्ष पहले जब मैंने उसकी कविताओं का अनुवाद किया था, तब से उसकी कई पंक्तियाँ, जो कानों में पड़ी थीं और शायद कानों में ही अटककर रह गई थीं, वे आज कानों में सुलग उठी हैं···'कल यह ज़िन्दगी सयानी होगी···यह विश्वास मेरे मन में बैठा है और जो इस विश्वास को लग सके, वह गोली कहीं नहीं···वह गोली कहीं नहीं···' ये पंक्तियाँ उसने 1942 में फ़ासिस्टों के हाथों क़त्ल होने से कुछ समय पहले लिखी थीं। लगा, उस विश्वास को जिसे सृष्टि के आरंभ से गोली नहीं लग सकी···आज हाथ से छूकर देख रही हूँ···

29 मई, 1966

सोफ़िया से 160 किलोमीटर दूर बतक गाँव में उस चर्च के सामने खड़ी हूँ, जहाँ 1876 में तुर्क शासन की दासता से मुक्त होने के लिए जूझते हुए गाँव के दो हज़ार मर्द, औरतों और बच्चों ने शरण लेकर अपनी रक्षा का यत्न किया था। वह कुआँ देख रही हूँ, जिसे चर्च के गिर्द घेरा पड़ जाने के कारण चर्च में घिरे हुए प्यासे लोगों ने अपने नाखूनों से खोद-खोदकर पानी निकालने का प्रयत्न किया था। यह सब-के-सब 17 मई को दुश्मन के हाथों मारे गए···दो हज़ार मनुष्यों की हड्डियाँ और खोपड़ियाँ शीशे के ढक्कनों के नीचे

सँभालकर रखी हुई दिखाई दे रही हैं । दीवारों में हमारे पंजाब के जलियाँवाला बाग़ की दीवारों की भाँति गोलियों के निशान पड़े हुए हैं…

31 मई, 1966

आज पलोवदिव क़स्बे में वह प्रिंटिंग मशीन देखी, जिस पर दासता के विरुद्ध साहित्य छपा करता था, शासन की चोरी से, और वे बेड़ियाँ देखीं, जिनमें मनुष्य बाँधे जा सकते थे, पर समय नहीं…

कालोफ़ैर क़स्बे से गुज़र रहे थे कि देखा, मानो सारा क़स्बा ही हाथों में फूल लिए एक स्थान पर इकट्ठा हो रहा हो । मालूम हुआ, आज 2 जून है । 1876 में भी यही तारीख़ थी, जब यहाँ एक बहुत प्यारा कवि ख़रिस्तो बोतिफ़ क़त्ल किया गया था । एक दिन वह कविता लिखते-लिखते अपनी बीस दिन की बच्ची को चूमकर, और हाथों में बंदूक लेकर देश की रक्षा के लिए विदा हो गया था, और जब क़त्ल हुआ तब उसकी आयु सत्ताईस वर्ष पाँच महीने थी । उसके साथी उसके साथ मिलकर लड़ते और उसकी कविताएँ गाते-गाते मारे गए…मैंने आज रात को ख़रिस्तो बोतिफ़ की एक कविता का अनुवाद किया है…

2 जून, 1966

आज शाम को बहुत ज़ोर की वर्षा हुई । बाहर नहीं जा सकी, इसलिए होटल के कमरे में बैठकर बल्गारिया का एक प्रसिद्ध उपन्यास 'अन्डर द योक' पढ़ती रही । हैरान हुई कि उपन्यास की मुख्य नायिका का नाम राधा है । कई जगह राधिका भी लिखा हुआ है । रात को खाने के समय अपने दुभाषिए से हँसी-हँसी में कहती रही, 'राधा बल्गारियन कैसे हो गई ? कृष्ण तो भारत का था, शायद कृष्ण से मिलने के लिए राधा बल्गारिया से ही गई हो…'

13 जून, 1966

सवेरे एक अख़बार के संपादक ने मेरी कविता का अनुवाद किया—

चाँद-सूरज दो दवातें, क़लम ने डोबा लिया
हुक्मरानो, दोस्तो !
गोलियाँ, बंदूकें और ऐटम चलाने से पहले
यह ख़त पढ़ लीजिए !
साइन्सदानो, दोस्तो !

गोलियाँ, बंदूकें और ऐटम बनाने से पहले
यह ख़त पढ़ लीजिए
सितारों के अक्षर और किरनों की भाषा
अगर पढ़नी नहीं आती
किसी आशिक़ अदीब से पढ़वा लो
अपनी किसी महबूब से पढ़वा लो···

आज दोपहर को जब विदेशों से सांस्कृतिक संबंधों के विभाग ने मुझे विदाई भोज दिया, वहाँ कुछ कवि भी थे, बल्गारिया की सबसे अधिक प्रसिद्ध कवयित्री ऐलिस्वेता बागरीआना भी, डोरा गावे भी—और हमारी दोस्ती के जाम पेश किए गए। डोरा गावे ने महिला कवि होने के नाते एक महिला प्रधानमंत्री का मान करते हुए इंदिरा गांधी के नाम पर 'टोस्ट' पेश किया, और तब मैंने मोरपंख की पंखियाँ सौग़ात देते हुए अमन के नाम पर कहा, 'यह रंगीन पंख हमारे देश के राष्ट्रीय पक्षी के हैं। हम सारी दुनिया में अमन चाहते हैं, ताकि हमारा राष्ट्रीय पक्षी दुनिया के आँगन में नाच सके···'

14 जून, 1966

जैसे ही शाम पड़ती है, मास्को यूनिवर्सिटी परी-महल की तरह झिलमिलाने लगती है। उसके ठीक सामने खड़े होकर, और उस ऊँची जगह से नीचे बहते हुए मास्को दरिया की ओर देखें, तो दरिया की बाँहों में लिपटे हुए शहर की जगमगाहट दिखाई देती है। एक सुंदर वास्तविकता ! युद्ध के ख़ूनी दरियाओं को तैर कर, और भूख के मरुस्थलों को चीरकर पाई हुई वास्तविकता।

24 सितंबर, जार्जिया में वहाँ के प्यारे कवि शोता रुस्तावैली का आठ सौ साला जश्न मनाया जा रहा है। उस समय के अधिकारियों ने जब उसे देश-निकाला दिया था, वे क्या जानते थे कि समय के सागर में मल-मल नहाकर उसकी कहानी एक जल-परी की तरह निकल आएगी···

तब देश में उसका नाम लेना भी जुर्म बन गया था, इसलिए लोगों ने उसकी रचनाओं को कंठस्थ कर लिया। आज जार्जिया के उन दो व्यक्तियों का सम्मान किया गया है, जिन्हें रुस्तावैली का समस्त काव्य ज़बानी याद है···

तबलिसी की एक ऊँची पहाड़ी पर एक जार्जियन औरत का बुत बना हुआ है, जिसके एक हाथ में तलवार है और एक हाथ में अंगूर के रस का प्याला—तलवार दुश्मनों के लिए, और अंगूर के रस का प्याला देश-मित्रों की भेंट···

आज मैटेखी चर्च देखा, जो छः शताब्दी तो चर्च रहा था, पर अठारहवीं शताब्दी में

आक्रांताओं के हाथों बंदीगृह बन गया था। मैक्सिम गोर्की ने भी यहाँ क़ैद काटी थी···

तबलिसी से 160 किलोमीटर दूर बारजोभी वैली की ओर जाते हुए रास्ते में गारी क़स्बा भी आया। यहाँ स्टालिन का जन्म-गृह देखा।

विश्व के प्रत्येक देश से लेखक आए हुए हैं। बारजोभी की शाम लेखक-मिलन के लिए रखी गई है। प्रत्येक देश के लेखक ने आज से बेहतर ज़िन्दगी की आशा में कुछ शब्द कहे, पर जब वियतनाम का कवि चे लिन विन उठा, तो सबका मन भर आया। आज उसके शब्द थे—'हमारी कविता लहू के दरिया पार कर रही है। आज यह केवल हथियारों की बात करती है, ताकि कभी यह फूलों की बात कर सके। हमारे सिपाही जब रणक्षेत्र में जाते हैं, लोग कविताएँ लिखकर उनकी जेबों में डाल देते हैं। हम उन जेबों की कुशल-कामना करते हैं, जिनमें कविताएँ पड़ी हुई हैं। आज अगर हमने कविता को बचा लिया, तो समझिए कि मनुष्य को बचा लिया····'

और अभी, मेरी आँखें भर आई हैं। वियतनाम के इस कवि ने मेरे पास आकर कहा है, 'आप हिन्दुस्तान से आई हैं न ? आपका नाम अमृता है ?' मैं चकित हो गई, तो उसने बताया, 'वियतनाम से आते समय हमारे प्रसिद्ध कवि स्वन ज़ियाओ ने मुझसे कहा था कि अगर कोई औरत हिन्दुस्तान से आई हुई होगी, तो उसका नाम अमृता होगा, उसे मेरी याद देना····'

मन में एक प्रार्थना उठ रही है—काश, दुनिया की सारी सुंदर कविताएँ मिल जाएँ और वियतनाम की रक्षा कर सकें···

27 सितंबर, 1966

आज आर्मीनिया की राजधानी यिरेवान में उसकी पुरातन हस्तलिखित लिपियों का संग्रहालय देखा। ये लोग सदा विश्व के अनेक भागों में बिखरे रहे। यहाँ तमिल भाषा में लिखे उनके इतिहास के पन्ने भी सुरक्षित रखे हुए हैं, जो कभी इन्होंने दक्षिण भारत में बसने के समय लिखे थे···

आज तेरहवीं शताब्दी का एक गिरजाघर देख रही थी, जो एक पहाड़ को शिखर की ओर से काट-तराशकर बनाया गया है। देखा, ऊँचे चबूतरे पर एक छोटी-सी सीढ़ी पत्थर की एक गुफ़ा में जाती है। गुफा पर कुछ मोह आ गया, झिझकते हुए किसी ने पूछा—'मैं इसके अंदर जा सकती हूँ ?' वह स्थान जैसे मुझे अपनी ओर खींच रहा था, पर स्वयं ही मैंने झिझककर कहा—'शायद नहीं', क्योंकि देखा, लोग उस चबूतरे को होंठों से चूम रहे थे, जो सोचा, शायद उस पर पैर रखकर आगे नहीं जाया जा सकता, पर मुझे उत्तर मिला, 'उस गुफ़ा में एक आला है, वहाँ दीया जलाकर हमारे लेखक, आक्रमणकारियों

की चोरी से, समय का इतिहास लिखते थे। आप इस चबूतरे को पार करके, जितनी देर चाहें गुफ़ा में बैठ सकती हैं…'

तबलिसी में बर्तानिया के एक लेखक ने मुझसे पूछा था—'आपको कभी किसी विशेष देश के लोगों से विशेष साझेदारी लगती है ?' तो मैंने उत्तर दिया था, 'इस तरह मुझे किसी देश में कभी नहीं लगा, पर कई किताबों के कई पात्रों से लगने लगता है…'

आज यिरेवान के एक गिरजाघर की एक गुफा ने मेरे संग इस प्रकार अचानक मोह डाल लिया है, तो सोच रही हूँ कि केवल किताबों के पात्र ही नहीं, कोई कोने-खुदरे भी ऐसे होते हैं, जो अजनबी देशों में कुछ अपने लगने लगते हैं…

2 अक्तूबर, 1966

मास्को से कोई दो सौ किलोमीटर का लम्बा रास्ता वृक्षों में लिपटा हुआ है। सुना हुआ था कि रूस के जंगलों का पतझड़ दर्शनीय होता है। आज देख रही हूँ—पेड़ों के पत्ते सोने के चौड़े पत्तों के समान झूलते हुए लगते हैं। कई पेड़ों के तने बिल्कुल सफ़ेद हैं, मानो चाँदी के पेड़ों पर सोने के पत्ते उगे हुए हों…

यास्नाया पौलियाना में आज टॉल्स्टाय के घर में खड़ी थी, उस कमरे में, जहाँ उसने 'वार एण्ड पीस' उपन्यास लिखा था। उसके शयन-कक्ष के पलंग के पास टॉल्स्टाय की एक सफ़ेद कमीज़ टँगी हुई है। पलंग की पट्टी पर मैं एक हाथ रखे खड़ी थी कि दाहिने हाथ की खिड़की में से हल्की-सी हवा आई और उस टँगी कमीज़ की बाँह हिलकर मेरी बाँह से छू गई…

एक पल के लिए जैसे समय की सूइयाँ पीछे लौट गईं—1966 से 1910 पर आ गईं, और मैंने देखा, शरीर पर सफ़ेद कमीज़ पहनकर वहाँ दीवार के पास टॉल्स्टाय खड़े हुए हैं…

फिर लहू की हरकत ने शांत होकर देखा, कमरे में कोई नहीं था, और बाएँ हाथ की दीवार पर केवल एक सफ़ेद कमीज़ टँगी हुई थी…

8 अक्तूबर, 1966

'पोएट्री इज़ ए कन्ट्री विदाउट फ्रन्टियर्स' कहते हुए यूगोस्लाविया वाले प्रति वर्ष अगस्त के अंत में आखरिद झील से दसियों कोसों की दूरी पर सतरुगा शहर में दरिया के किनारे पर कविता का मेला लगाते हैं। पहले दिन केवल मैसिडोनियन भाषा की कविताएँ पढ़ी जाती हैं, और दूसरी रात सारी येगोस्लाव भाषाओं और मेहमान भाषाओं के कवियों के लिए होती है। सब कवि दरिया के पुल पर खड़े होकर कविताएँ पढ़ते हैं, और

सुनने वाले दरिया के दोनों किनारों पर बैठकर सुनते हैं, बहुत-से नावों में बैठकर भी। जलती हुई मशालों की, और बिजली की रोशनी दरिया में झिलमिलाती है, तो यह रात किसी परीकथा के समान हो जाती है। अपनी-अपनी भाषाओं में कविताएँ पढ़ते हैं और उनके अनुवाद यहाँ के विख्यात अभिनेता पढ़ते हैं। जब किसी देश का कवि कविता-पाठ करता है, तब उस देश का झंडा लहराया जाता है। आज यहाँ कविता पढ़ना मेरे जीवन का बहुत प्यारा अनुभव है···यह सब तालियाँ हिन्दुस्तान के नाम पर हैं—कालिदास के देश के लिए, टैगोर के देश के लिए, नेहरू के देश के लिए···

26 अगस्त, 1967

कल आखरिद से स्कोपिया पहुँचने के लिए जिस कार का प्रबंध किया गया था, उसमें इथियोपिया का एक कवि अबरा जंबेरी भी था, और इथियोपिया का प्रिंस महत्तेमा सेलासी भी। हम अधिकांश रास्ते सतरुगा में हुए कविता-मेले की बातें करते रहे, पर एक जगह रुककर बीअर का एक-एक गिलास पीते हुए इथियोपिया के प्रिंस का मन छलक उठा, 'आप कवि लोग भाग्यशाली हैं, वास्तविक संसार नहीं बसता, तो कल्पना का संसार बसा लेते हैं···मैं बीस बरस वायलिन बजाता रहा, साज़ के तारों से मुझे इश्क़ है, पर युद्ध के दिनों में मेरे दाहिने हाथ में गोली लग गई थी, अब मैं वायलिन नहीं बजा सकता··· संगीत मेरी छाती में जैसे जम गया है···'

इतिहास चुप है, मैं भी कल से चुप हूँ—संगीत के आशिक़ हाथों को गोलियाँ क्यों लगती हैं, इसका उत्तर किसी के पास नहीं है···इस प्रश्न के सामने केवल ख़ामोशी की बंद गली है···

30 अगस्त, 1967

बेलग्रेड से कोई सौ मील दूर क्रागुयेवाच शहर के पहलू में खड़े हुए दूर तक एक हरा निर्जन दिखाई देता है। इस निर्जन में दो सफ़ेद पंख दिखाई देते हैं, कोई अठारह गज़ लम्बे और ज़मीन से लगभग दस गज़ ऊँचे। तब 1941 था, अक्तूबर महीने की 21 तारीख़। एक स्कूल में कोई तीन सौ बच्चे अपना पाठ पढ़ रहे थे कि जर्मन फ़ौजों ने स्कूल को घेर लिया और एक-एक बच्चे को, मास्टरों के साथ, गोलियों से बींध लिया···ये पत्थर के पंख एक उड़ान के स्मारक हैं, जो उन तीन सौ बच्चों की छाती में भरी हुई थी···

उस दिन पूरे शहर की आबादी क़त्ल हुई थी—सात हज़ार व्यक्ति। आज पत्थर के दो बुत, एक पुरुष का और एक स्त्री का, उन सात हज़ार क़ब्रों के स्मारक हैं।

यहाँ खड़े हुए आज जो कुछ एक जीवित मनुष्य की छाती में गुज़रता है वह या तो यह है कि उसकी जीवित छाती में से मांस का एक टुकड़ा निकलकर इन बुतों में समा गया

है, और या इन बुतों में से निकलकर पत्थर का एक टुकड़ा सदा के लिए उसकी छाती में उतर गया है···

31 अगस्त, 1967

हंगेरियन कवि विहार बेला ने मिलते ही कहा, 'कोई भी आक्रमणकारी जब धरती के किसी भाग पर पाँव रखता है, तो सबसे पहले वहाँ की पुस्तकों की अलमारियाँ काँपती हैं, पर जब कोई कवि किसी दूर धरती के भाग पर पाँव रखता है, तो सबसे पहले पुस्तकों की अलमारियाँ और बड़ी हो जाती हैं···

'ख़ुश आमदीद' के इन प्यारे शब्दों के बाद आज वह मशीन देखी, जिस पर 15 मार्च, 1848 को सान्डोर पेतीफ़ी की लिखी हुई वह विद्रोहपूर्ण कविता छपी थी, जो अब यहाँ का राष्ट्रीय गीत है।

आज योबाज कारोय से हुई भेंट भी बहुत स्मरणीय है। स्तालिन की मृत्यु तक इस कवि की कोई पुस्तक नहीं छप सकी थी। यह चार वर्ष साइबेरिया में युद्ध-बंदी रहा। 1948 में रिहाई के समय इसकी जेबें टटोली गईं तो उनमें से कविताएँ निकलीं, जिसके कारण उसे एक वर्ष के लिए फिर जेल में डाल दिया गया···

आज बुदापेस्ट रेडियो से बोलने के लिए और हंगेरियन लेखकों की सभा में पढ़ने के लिए मैंने अपनी कविताएँ चुनीं। खुश हूँ कि मुझसे केवल समाजवादी कविता पढ़ने का आग्रह नहीं किया गया। वही कविताएँ चुनी गईं जो मैं चाहती थी। आज सान्डोर राकेश ने मेरी कविताएँ अनुवाद की हैं···

लेखक यूनियन के कार्यालय में वहाँ के यशस्वी कवि गाबोर गाराई से मिलते समय फ्रांस के उस कवि से अचानक भेंट हो गई, जो पिछले वर्ष जार्जिया में मिला था, और उसने मेरी डायरी में लिखा था—'अगर कभी मैं अगले वर्ष तुमसे पेरिस में मिल सकूँ···' पर आज उसने पहली बार मेरी कविताएँ पढ़ीं, तो ख़ुशी से बोल उठा—'ख़ुदा का शुक्र है कि ये कविताएँ कविताएँ हैं। मुझे डर था कि आप केवल समाजवादी कविताएँ लिखती होंगी···' और इस बात पर केवल मैं ही नहीं, बल्कि मेरे पास बैठे हुए हंगेरियन कवि भी खिलखिलाकर हँसते रहे···

एक कवयित्री कह रही हैं—'पूरे दस वर्ष हमें ख़ामोशी की एक लम्बी गुफ़ा में से गुज़रना पड़ा। अब स्वीकृत मानों से हटकर लिखी हुई कविताओं का छपना संभव हो गया है···'

आज बुदापेस्ट से 120 किलोमीटर दक्षिण की ओर बालातोन झील का वह किनारा देखा, जहाँ 6 नवंबर, 1926 को रवीन्द्रनाथ ठाकुर ने आकर एक पेड़ लगाया था और

एक कविता लिखी थी—

मैं जब इस धरती पर नहीं रहूँगा
तब भी मेरा यह वृक्ष
आपके वसंत को नव-पल्लव देगा
और अपने रास्ते जाते सैलानियों से कहेगा
कि एक कवि ने इस धरती से प्यार किया था···

वृक्ष के निकट ही रवीन्द्रनाथ का बुत है, और बुत के निकट एक सफ़ेद पत्थर पर वे पंक्तियाँ खुदी हुई हैं, और तारीख़ पड़ी हुई है—8 नवंबर, 1926 ।

वृक्ष की एक टहनी से एक पत्ता तोड़कर देखती हूँ, ऐसा प्रतीत होता है कि उसकी डंडी पर आज की तारीख़ पड़ी हुई है—8 सितंबर, 1967 ।

जिस कवि के नाम पर अब हंगरी का सबसे बड़ा पुरस्कार है 'आतिला योज़ेफ़ प्राइज', उसकी कविताएँ अनूदित करते हुए, मैं उस रेलवे लाइन पर गई, जहाँ उसने आज से तीस वर्ष पहले आत्मघात किया था । वह उस दौर में पैदा हुआ, जब व्यक्तिगत स्वतंत्रता के 'गुनाह' के लिए कोई क्षमा नहीं थी···

आतिला की कविताएँ बहुत प्यारी हैं—एक ही समय में उनमें ओज भी है और कोमलता भी । उसके अंतिम दिनों की एक कविता की दो पंक्तियाँ हैं—

दूध के दाँतों से तूने चट्टानों को तोड़ना चाहा
मूर्ख ! क्या सपने देखने के लिए कोई रात काफ़ी नहीं थी···

9-22 सितंबर, 1967

आज रोमानिया में वह गिरजाघर देखा, जहाँ रूसी कवि पुश्किन को चाहने वाली ग्रीक युवती कालिप्सो की खोपड़ी रखी हुई है । रोमानिया का एक भाग ग्रीक लोगों से बसा हुआ था और जब 1832 में यहाँ तुर्क अधिकारियों के विरुद्ध विद्रोह हुआ, तब यह लड़की भी विद्रोहियों में थी और जब इन लोगों ने रूस के दक्षिणी भाग में शरण ली, तब उसकी पुश्किन से भेंट हुई थी । पर कालिप्सो एक ऐसी कविता थी, जिसके लिए पुश्किन के पास काग़ज़ नहीं था, और वह निराश होकर वापस लौट आई । गिरजा में औरतों के रहने की मनाही थी, इसलिए वह एक पुरुष साधु के वेश में गिरजा के अंदर रहने लगी । कहते हैं, यह केवल उसकी मृत्यु के समय ज्ञात हुआ कि वह स्त्री थी । 1840 में उसने अपने जीवन को अपने हाथों समाप्त करते समय एक पत्र लिखा, और तकिए के पास रख दिया···

गिरजाघर की गुफ़ा में खड़ी हूँ, कानों में एक खड़का-सा सुनाई देता है, न जाने बाहर पतझड़ी हवा से झूलते हुए वृक्षों के पत्तों का यह खड़का है, या समय के आँचल में पड़ा हुआ कालिप्सो का पत्र हिल रहा है···

9 अक्तूबर, 1967

आज मेहनत करने की अपनी आदत काम आई। जिस देश में भी जाती हूँ, वहाँ की कम-से-कम श्रेष्ठ कविताएँ और कुछ कहानियाँ अवश्य अनुवाद करती हूँ, इसलिए उन देशों के लेखकों के संबंध में मुझे कुछ जानकारी हो जाती है। कल रोमानिया से बल्गारिया पहुँची, तो मालूम हुआ कि आजकल हमारी प्रधानमंत्री बल्गारिया आई हुई हैं। आज उनकी ओर से देश के प्रेसिडेंट को चाय की दावत थी। वहाँ इंदिराजी ने अलग कमरे में बुलाकर जब मेरा प्रेसिडेंट से परिचय कराया, तो बल्गारियन साहित्य के संबंध में इतनी बातें कर सकी कि वह भी हैरान थे कि मुझे उनके देश की इतनी जानकारी कैसे है···

15 अक्तूबर, 1967

21 अक्तूबर को यूगोस्लाविया के जिस शहर क्रागुयेवाच में जर्मन फ़ौजों ने सात हज़ार व्यक्ति एक ही दिन में क़त्ल किए थे, उसके नागरिकों का बुलावा था कि अक्तूबर में मैं फिर वहाँ आऊँ और उस दिन उस भयानक कांड के बारे में लिखी हुई डीसांका मैक्सीमोविच की कविता का पंजाबी अनुवाद पढ़ूँ, पर देश-देश घूमते हुए ढाई महीने हो गए हैं, और इस निमंत्रण को किसी और वर्ष पर उठाकर मैं जर्मनी आ गई हूँ। विचित्र संयोग है कि आज वही तारीख़ है—21 अक्तूबर। मन में एक बेचैनी-सी हुई कि जहाँ इतने व्यक्ति क़त्ल किए गए, मैं वहाँ जाने के बजाय वहाँ आ गई हूँ, जहाँ की फ़ौजों ने उन्हें क़त्ल किया था···

पर आज फ्रैंकफर्ट में, यहाँ के प्रसिद्ध लेखक हाइनरिश बाउल को जर्मनी का गेउर्ग बउश्नर मिलना था और मुझे इस संस्था की ओर से निमंत्रण था, इसलिए एयरपोर्ट से सीधी वहाँ चली गई। वहाँ हाइनरिश बाउल की जवाबी तक़रीर सुनी तो मन को कुछ चैन आया। उन्होंने कहा, 'यहाँ आप लोग मुझे मानव भावनाओं का अनुसरण करने के लिए सम्मानित कर रहे हैं, पर यह सम्मान स्वीकार करते हुए मुझे ख़ुशी नहीं है, यहाँ से कुछ दूर वियतनाम पर बम गिर रहे हैं और मैं कुछ नहीं कर सकता हूँ···'

फ्रैंकफर्ट में गेटे का घर देखा और स्टुटगार्ट में शिलर का···यहाँ के एक दार्शनिक ने कहा था—'जिस भाषा के लोगों ने संसार में इतनी जन-हत्या करवा दी है, उस भाषा में अब कोई कविता या कहानी नहीं लिखी जा सकती।' पर सोच रही हूँ, यह धरती

दार्शनिकों की होती थीं, और आज भी जहाँ दुःख की यह अनुभूति है, यह चेतनता, उस भाषा में कुछ भी रचा जा सकता है···

26 अक्तूबर, 1967

आज म्यूनिख में हूँ, जहाँ हिटलर की ट्रायल हुई थी। शहर से बीस मील दूर एक कान्सन्ट्रेशन कैम्प देखने गई, तो वहाँ एक जर्मन लड़की ने, जिसकी आँखें भर आई थीं, अचानक मेरी बाँह पकड़कर पूछा, 'आपका क्या ख़याल है, हमारे लोगों ने यह जो कुछ किया था, कभी हमें इसका फल भुगतना पड़ेगा ?···

आज यह वही देश है, जिसके इस शहर में बड़े-बड़े पोस्टर लगे हुए देख रही हूँ, जिन पर लिखा हुआ है—'जो भी व्यक्ति वियतनाम में अमरीका की वर्तमान नीति का समर्थक है, उसकी हत्यारों में गणना है···'

28 अक्तूबर, 1967

आज दूसरी बार, यूगोस्वालिया आना और सतरुगा में उसके विश्व कवि-सम्मेलन में भाग लेना, मेरे जीवन का एक और बहुत स्मरणीय दिन है।

बहुत सारे लेखकों के इंटरव्यू लिए गए हैं, और मुझसे पूछे गए प्रश्नों में एक प्रश्न यह था कि मेरे अनुसार स्वतंत्रता के क्या अर्थ हैं। उत्तर दिया, 'वह व्यवस्था, जो आम साधारण व्यक्तियों को भी जीवन का अर्थ दे, पर जिसमें किसी का व्यक्तित्व न खो जाए···'

आज एक ऐतिहासिक गिरजाघर को काव्य-मंच बनाकर पाब्लो नरूदा की कविताओं की संध्या मनाई गई···

25-30 अगस्त, 1972

वापसी पर मैसीडोनिया की राजधानी स्कोपिया में एक लोकगीत सुना, जिसमें भारत से लौटे हुए सिकन्दर की उस कुर्सी का उल्लेख है, जो चन्दन की लकड़ी की बनी हुई थी। स्पष्ट है यह गीत यहाँ ग्रीस से आया होगा। मेरे पास चन्दन की लकड़ी की कुछ पेंसिलें थीं, जो मैंने यहाँ के लेखकों को सौग़ात के तौर पर दीं, तो वे पछने लगे, 'क्या आपके देश में भी सिकन्दर के बारे में लोकगीत हैं ?' उत्तर दिया, 'हमारे देश में तो वह आक्रामक था। क्या वह, क्या तुर्क, क्या मुग़ल, हमारे लोकगीतों में इनके बड़े उदास वर्णन मिलते हैं···'

यहाँ से याद आया कि समरक़ंद में मैंने भी ऐसी ही बात वहाँ के लोगों से पूछी थी कि आपका इज़्ज़त बेग जब हमारे देश आया और उसने एक सुंदर कुम्हारन से प्रेम किया, तो हमने उसके बारे में कई प्रकार के गीत लिखे। क्या आपके देश में भी उसके गीत

हैं ? तो वहाँ की एक प्यारी-सी औरत ने जवाब दिया, 'हमारे देश में तो वह बस एक अमीर सौदागर का बेटा था, और कुछ नहीं । प्रेमी तो वह आपके देश जाकर बना, सो गीत आपको ही लिखने थे, हम कैसे लिखते···'

किन देशों के लोग किन देशों में जाकर गीतों का विषय बन जाते हैं और अपने व्यक्तित्व का कौन-सा भाग कहाँ छोड़ आते हैं, बड़ा मनोरंजक इतिहास है । मेरी कहानियों में भी पंजाबी के बाहर के अनेक पात्र हैं, जो मिले और कहानियाँ लिखवा गए । जी करता है कि किसी दिन मैं इन कहानियों को इकट्ठा करके इनका एक संग्रह प्रकाशित करूँ···

31 अगस्त, 1972

आज मोन्टीनीग्रो में पुश्किन का चित्र देखा । ज्ञात हुआ, पुश्किन जब सोलह वर्ष का था, जिप्सियों की एक टोली में मिलकर यहाँ आया था, पर धरती के इस टुकड़े ने उसका मन ऐसा मोह लिया कि वह पाँच वर्ष यहीं रहा । यह चित्र दिखाते हुए वहाँ के डायरेक्टर ने मुझसे पूछा, 'पुश्किन यहाँ पाँच वर्ष रहा था, अमृताजी, आप कितने समय रहेंगी ?'

तो मैं हँस पड़ी, कहा, 'सिर्फ़ बीस दिन । मेरा जिप्सी इन्स्टिंक्ट सिर्फ़ बीस दिन के लिए है···'

5 सितंबर, 1972

आज यूगोस्लाविया के परिशतिना शहर ने मेरी कविताओं की शाम मनाई । थियेटर के हॉल के बाहर भी और अंदर भी भारत का नाम बड़े-बड़े अक्षरों में लिखा । कई भारतीय चित्रों से दीवारों को सजाया और भारतीय संगीत बजाकर यह शाम शुरू की । मेरी यूगोस्लाव दोस्त इलियाना चुरा ने लाल रेशम की साड़ी पहनी और स्टेज पर जाकर मेरा परिचय दिया । हर कविता मैं पहले अपनी भाषा में पढ़ती, फिर वहाँ के फ़िल्म अभिनेता बारी-बारी उसका अनुवाद सैर्ब और अलबानियन भाषाओं में पढ़ते ।

यहाँ संयोग से एक अमरीकन कवि हर्बर्ट कूनर भी मौजूद थे, जिन्हें वह इस काम में सीधे निमंत्रित नहीं कर सकते थे, पर परिशतिना की एक प्रथा है कि मुख्य अतिथि निजी तौर पर किसी मेहमान को बुला सकते हैं । सो मैंने स्टेज पर खड़े होकर हर्बर्ट कूनर से कविता पढ़ने के लिए निवेदन किया । समारोह के अंत में दो छोटी भारतीय फिल्में दिखाई गईं—एक खजुराहो के बारे में, और दूसरी भारतीय जीवन के कुछ पहलुओं के बारे में—'ऑन द मूव' ।

इस संध्या ने आज मेरे मन को धरती के प्यारे लोगों के एहसास से भर दिया है···

7 सितंबर, 1972

माँ - राज बीबी

पिता - जब नंद साधु के साथ

साहिर के साथ

अपने बच्चों के साथ

ताशकंद में उज़बैक लेखिकाओं के साथ - 1960

अज़रबैजान में लेखिकाओं के साथ - 1960

अमृता - 1970

सज्जाद हैदर

जॉर्जिया के एयरपोर्ट पर लेखकों के साथ

इमरोज़ के साथ

बलगारिया में वहाँ के शायर लैवचेव के साथ - 1980

शान्ति निकेतन में इंदिरा जी के साथ - 1983

अपने साथ

यूँ तो हर देश एक कविता के समान है, जिसके कुछ अक्षर सुनहरे रंग के हो जाते हैं और उसका मान बन जाते हैं, कुछ अक्षर लाल सुर्ख़ हो जाते हैं···उनकी अपनी या परायों की बंदूक़ों से लहूलुहान होकर, और कुछ अक्षर उसकी हरियाली की भाँति सदा हरे रहते हैं, जिसमें से उसके भविष्य के कोमल पत्ते नित्य उगते हैं, और इस प्रकार हर देश एक अधूरी कविता के समान होता है, पर इटली की धरती का स्पर्श किया, तो लगा कि जैसे एक कविता के पूरे या अधूरे होने की क्रिया को बहुत प्रत्यक्ष देख रही हूँ। इस धरती के चप्पे-चप्पे पर संगमरमर के बुत ऐसे प्रतीत होते हैं, जैसे इस धरती में ही बुत उगते हों। लगा, कविता के जो अक्षर कानों में पड़े, वे संगमरमर बन गए, और जो अक्षर धरती में बीज के समान पड़ गए, वे माइकल एंजेलो के और अन्य कलाकारों के हाथ बनकर धरती में से उग आए, और इन दूध जैसे सफ़ेद अक्षरों के इतिहास के साथ-साथ रक्तरंजित अक्षरों का इतिहास भी बहुत लम्बा है···जब स्पार्टकस जैसे हज़ारों ग़ुलाम रोमन शासकों के मनोरंजन के लिए एक-दूसरे की जान से खेलते थे···

और इस कविता के अक्षर पीले भी हैं—भयभीत—पोप के वैटीकन शहर की ऊँची दीवारों से टकराते और गुच्छा-सा होकर स्वयं ही अपने अंगों में सिमट जाते हैं। इटली की धरती होनी की धरती है, जहाँ अनेक अक्षर उसके हरे जंगलों की भाँति भविष्य की नवीन कोंपले भी बन गए हैं, और कई अक्षर सदा के लिए खो गए हैं। शायद पहली बार तब खोए थे जब 'डिवाइन कॉमेडी' वाला डांटे देश-निष्कासित हुआ था और उसके साथ वह भी निष्कासित हो गए थे···

और इस कविता के अक्षर कुछ वे भी हैं, जिन्हें कोई सैलानी नहीं पढ़ सकता, यह केवल लियोनार्दो दा विंची की 'मोनालीज़ा' की भाँति मुस्कराते हैं, रहस्यपूर्ण मुस्कान···

10-16 नवंबर, 1972

क़ाहिरा आना मेरे लिए एक़ विलक्षण अनुभव है। एक ऐसी रेखा पर खड़ी हूँ, जिसके एक ओर क़ाहिरा की हरियाली है और दूसरी ओर एकदम रेगिस्तान। रेगिस्तान में बसने वाले वे पिरामिड हैं, जिन्होंने पाँच हज़ार वर्ष के सूरज देखे हैं। एक अरबी कहावत सामने खड़ी हुई दिखाई देती है—'दुनिया समय से डरती है, समय पिरामिड से···'

17 नवंबर, 1972

पाँच सौ वर्ष की यात्रा

आज एक और पल मेरे सामने खड़ा मुस्करा रहा है—

1969 के शुरू के दिनों की एक रात, रात का दूसरा पहर। टेलीफ़ोन की घंटी बजी। मेरे बेटे का ट्रंककाल था, बड़ौदा यूनिवर्सिटी के होस्टल से। मेरे चिंता-भरे पत्रों में उसकी आवाज़ थी—'मैं बिल्कुल ठीक हूँ, मामा !'

बहुत दिनों बाद सुनी उसकी आवाज़ मेरे कानों से होकर मेरे रोम-रोम में उतर गई।

गर्मी हो या सर्दी, मैं बहुत से कपड़े पहनकर नहीं सो सकती। सो रही थी, जब यह फ़ोन आया था। उसी तरह रज़ाई से निकलकर फ़ोन तक आई थी। लगा, शरीर का मांस पिघलकर रूह में मिल गया है, और मैं प्योर-नेकिड-सोल वहाँ खड़ी हूँ।

अँधेरे में जैसे बिजली चमक जाती है—ख़याल आया, मैं एक साधारण माँ, अपने साधारण बच्चे की आवाज़ सुनकर, अगर इस तरह एक हसीन पल जी सकती हूँ, तो माता तृप्ता की कोख में जिस समय गुरु नानक जैसा बच्चा पल रहा था, माता तृप्ता को कैसा नैसर्गिक अनुभव हुआ होगा ?

यह वर्ष गुरु नानक के पंच-शताब्दी उत्सव का वर्ष था। मुझे एक प्रकाशक की ओर से एक लम्बा काव्य लिखने के लिए कहा गया था, पर मैंने मना कर दिया था। लिखती, तो वह काव्य मेरे लहू के उबाल में से उठा हुआ न होता।

पर अब यह पल, जैसे मेरा हाथ पकड़कर मुझे पाँच सौ वर्षों के अँधेरे में से ले जाकर, उस माँ के पास ले गया, जिसकी कोख में गुरु नानक था।

सारा अँधेरा एक मद्धिम-सी लौ में भीग गया। रोशनी से गीला यह पल और फिर न जाने कितने दिन और कितनी रातों में उसकी महक बस गई। इन्हीं दिनों में मैंने एक ग्रीक कहावत को जीया था—ऑल वुड कैन बी मेड इन टू ए क्रॉस, और कविता लिखी—'गर्भवती'। माता तृप्ता के गर्भ के नौ महीने जैसे उसके नौ सपने थे।

फिर पंजाब के अख़बारों ने बुरा-भला कहा, और इस कविता को 'बैन' कर देने के लिए पंजाब सरकार से आग्रह किया वह सब सुना। 'अजीत' दैनिक पत्र में किसी किरपाल सिंह कसेल के लेखों ने मुझे 'कामुक चींटी' कहकर यहाँ तक लिखा कि पवित्र गुरु नानक पर मुझे कविता लिखने का अधिकार नहीं था।

पंजाबी साहित्य की 'बुज़ुर्ग' आवाज़ें चुप थीं। उनकी ज़िम्मेदारी शायद चुप रहना

ही थी ।

पर मैं अकेली नहीं खड़ी थी, यह हसीन पल मेरे साथ खड़ा था । हम दोनों हैरान थे, पर उदास नहीं ।

देखा गुरु नानक नाम को बहुत सारे हाथों ने लाठी की तरह पकड़ा हुआ था, और गुस्से से बाँहें फैलाई हुई थीं । वह लाठी मेरे चोट मार सकती थी, पर इससे ज़्यादा कुछ नहीं कर सकती थी, पर इस पल ने अपने हिस्से की लकड़ी को गढ़कर उसका क्रॉस बना लिया था ।

और यह पल जिसे क्रॉस नसीब हुआ था, आज मेरे सामने क्राइस्ट की तरह मुस्करा रहा है...

एक लेखक की ईमानदारी

नेपाल के नेवारी लेखक सायमी धूसवाँ जब दिल्ली में अपनी एम्बेसी के कल्चरल सेक्रेटरी बनकर आए, कुछ ही मुलाक़ातों में लगा कि उनके अंतर का लेखक उनके डिप्लोमैटिक ओहदे से बड़ा है । उनके अंतर का यह विरोधाभास उनके लिए सुखकर नहीं था, यह और अपनी अन्य निजी उलझनें उन्होंने एक दोस्त की तरह मेरे साथ बाँटीं । जब भी परेशान होते, मुझसे मिलने चले आते, नहीं तो फ़ोन ज़रूर करते । ख़ैर, एक दिन मैंने उनकी बिल्कुल निजी एक उलझन के बारे में एक कहानी लिखी—'अदालत' । उन दिनों मैं हिन्दी में अपनी कहानियों की एक किताब कम्पाइल कर रही थी, 'पंजाब से बाहर के पात्र' और मैंने इस किताब के लिए जो अठारह कहानियाँ चुनी थीं, उनमें से एक यह 'अदालत' भी थी । किताब प्रेस में चली गई और मैंने यह ख़बर भी धूसवां साहब को दे दी । हर कहानी के नीचे उसका पात्र जिस देश का था, उस देश का नाम दिया था । सो 'अदालत' कहानी के नीचे नेपाल का पात्र लिखा हुआ था । धूसवां ने मुझसे कहा कि कहानी के नीचे मैं नेपाल शब्द को काटकर कुछ और लिख दूँ, नहीं तो एक डिप्लोमैट होने के नाते उन्हें मुश्किल का सामना करना पड़ेगा । मैं यह कभी गवारा नहीं कर सकती थी कि उन्हें कोई तकलीफ़ हो, इसलिए उनके कहने के अनुसार नेपाल की जगह आसाम लिखवा दिया । किताब छप गई । उन्होंने भी देखी । और मुझे एक नोट लिखकर दिया कि मैं जब अपनी जीवनी लिखूँ, तब उनका यह नोट ज़रूर शामिल कर लूँ । वह नोट है—'यह कहानी धूसवां की है, पर सांस्कृतिक सहचारी एक माननीय, इतना बुज़दिल और कायर है कि इस कहानी को अजनबी बनाने के लिए अपने देश नेपाल को भारत का एक

राज्य आसाम बनाने में उसने हामी भर दी ।

16.11.97

—सायमी धूसवां'

उस दिन धूसवां मेरी दृष्टि में और भी ऊँचे हो गए । यह उनके अंतर के लेखक की ईमानदारी का आग्रह था । मैंने आदर से सिर झुका लिया ।

इस कहानी का उन पर गहरा असर था । उन्होंने अपनी पत्नी को भी यह कहानी सुनाई और अपनी दोस्त लड़की को भी । एक बेचैनी के साथ इस कहानी को बार-बार पढ़ते रहे । जब तीन बार पढ़ चुके तो उन्हें एक बेचैन सपना आया, और वह उन्होंने लिखकर मुझे दे दिया । वह सपना था—

'न जाने सवेरा था या संध्या थी, आकाश उजाले और अँधेरे के मेल में फैला हुआ था । मैं एक नदी की ओर खिंचा चला जा रहा था । इस नदी को मैं प्रतिदिन पार कर लेता था, पर उस दिन इस नदी के तट पर अपनी एक प्रेमिका को, जो विवाहित थी और बच्चों की माँ थी, देखकर घबरा-सा गया । उस नदी को पार करने का मुझे साहस नहीं हुआ । शायद, अचेतन मन में डूब जाने का भय समा गया था । मैं नदी के किनारे-किनारे चलने लगा, पर उस समय सब ओर रेत-ही-रेत दिखाई देने लगी । उस रेतीले स्थल में दो तम्बू लगे हुए थे । मेरी आँखों के सामने तम्बू के अंदर का दृश्य फैल गया । मैं देखता हूँ कि इसमें एक पुरुष है, जिसे मैं भली भाँति पहचानता हूँ, जिसके भाव और विचार एक यंत्र की भाँति मेरे अंदर ट्रान्समिट हो जाते हैं । उसके सामने तीन तरह के वस्त्र पहले हुए, पर एक ही चेहरे की तीन युवतियाँ खड़ी हुई हैं । पुरुष परेशान-सा हो गया, क्योंकि उनमें से एक उसकी प्रेमिका थी । यह कैसी छलना है ? वह इस चिंता में डूब गया । उसके आश्चर्य को देखकर उनमें से एक की आँखों में कम्पन हुआ, और वह आगे बढ़कर उस पुरुष की बाँहों में आ गई । ठीक इसी समय दूसरे तम्बू में से एक व्यक्ति क्रोध से बोलता हुआ आया और उस लड़की को बुरा-भला कहने लगा— 'तू इस बंधन में क्यों बँध रही है ? यह पुरुष तो विवाहित है, यह तो एक भँवरा है ।' लड़की ने तुरंत उत्तर दिया, 'मैं यह सब कुछ जानती हूँ, फिर भी इसे अपना रही हूँ ।' इतने में देखता हूँ कि दूसरे तम्बू से आए हुए व्यक्ति का सिर धड़ से ग़ायब हो गया । पहले पुरुष ने उस लड़की को सोत्साह अपनी बाँहों में कस लिया, और उस समय अचानक मुझे लगा कि मैं, जो अदृश्य हूँ, और वह, जो सिरहीन व्यक्ति है, और वह पुरुष जो पूर्ण रूप से वहाँ था, तीनों मुझमें समाए जा रहे हैं । अचानक आँख खुली, तो देखता हूँ कि अमृता प्रीतम का कहानी-संग्रह 'एक शहर की मौत' मेरे पास खुला हुआ पड़ा है, जिसकी एक कहानी 'अदालत' में तीसरी बार पढ़ते-पढ़ते सो गया था ।

18.11.73

—सायमी धूसवां'

यूँ तो अपनी हर कहानी के पात्र के साथ मेरा साझा है, कहानी लिखते समय मैं उसकी पीड़ा अपने दिल में झेलती हूँ, उसकी होनी कुछ देर के लिए मेरी होनी बन जाती है, और इस प्रकार यह साझा शाश्वत का एक टुकड़ा बन जाता है, परंतु धूसवां जैसे पात्र मुझमें केवल प्यार और सहानुभूति ही नहीं, अपने लिए आदर भी जगा लेते हैं।

सज्जाद हैदर

मेरे अकेलेपन का शाम इमरोज़ ने तोड़ा है, पर उससे मिलने से पहले एक और प्यारी घटना मेरे साथ घटी थी, एक बहुत ही पाक-दिल इंसान की दोस्ती मुझे मिली थी।

सज्जाद हैदर से परिचय तब हुआ था, जब अभी देश का विभाजन नहीं हुआ था। अपने समकालीनों में से किसी एक से भी ऐसी मुलाक़ात नहीं हुई, जो उलझनों और ग़लतफ़हमियों से रहित होकर हुई हो। दोनों हाथों से तल्ख़ियाँ बाँटने वाली सब मुलाक़ातों में केवल सज्जाद की ऐसी मुलाक़ात थी, जो पहली थी, और जिसके साथ दोस्ती लफ़्ज़ आँखों के आगे झिलमिला जाता था…

लाहौर में थी, तो अक्सर मुलाक़ात होती थी। किसी मुलाक़ात के होंठों पर कोई शोख़ हर्फ़ कभी नहीं आया। वह मिलने आता था, तो एक अदब उसके साथ ही सीढ़ियों पर चढ़ता था। फिर बहुत जल्दी फ़साद शुरू हो गए। सारा-सारा दिन कर्फ़्यू लगा रहता, पर कर्फ़्यू खुलता, तो वह घड़ी-पल के लिए ज़रूर आता। उन्हीं दिनों 23 अप्रैल आई। यह मेरी बच्ची का जन्मदिन था। शहर के अग्नि और हत्याकांडों के वातावरण में जन्मदिन मनाने का होश नहीं था। शाम को दरवाज़े पर खटका हुआ, सज्जाद मेरी बच्ची के पहले जन्मदिन का केक बनवाकर लाया था।

देश का विभाजन हो गया। मैं देहरादून में थी। सज्जाद के ख़त बराबर आते थे। उन्हीं दिनों मेरे लड़का हुआ था और लाहौर में सज्जाद के घर भी बेटा। मैंने अपने लड़के का नाम नवराज चुना, और सज्जाद ने मेरे बच्चे के नाम पर अपने बच्चे का नाम नवी रखा। हमने तस्वीरों के ज़रिए बच्चों को देखा।

फिर मेरे बेटे को बुख़ार आने लगा। कई दिन हो गए, तो मैं घबरा गई। सज्जाद के ख़त का जवाब दिया, तो बुख़ार के बारे में लिख गई। वापसी डाक से जो ख़त आया, वह मेरे ज़हन में अब तक उतरा हुआ है। लिखा था—'मैं सारी रात ख़ुदा के आगे दुआ करता रहा कि तुम्हारा बच्चा राज़ी हो जाए। अरबी कहावत है कि जब दुश्मन दुआ करता

है, तो वह ज़रूर क़बूल होती है । इस वक़्त मैं दुनिया की नज़र में तुम्हारा दुश्मन हूँ । वैसे ख़ुदा न करे मैं कभी भी तुम्हारा या तुम्हारे बच्चे का दुश्मन बनूँ ।'

'वारिस शाह से' कविता से पहले देश के बँटवारे के बारे में एक और कविता लिखी थी—'पड़ोसी सौन्दर्य' और लिखते ही सज्जाद को भेज दी थी । वह कविता पंजाबी में मेरे पास से खो गई, इसलिए कभी मेरी भाषा में नहीं छपी, पर सज्जाद ने ख़त में लिखी हुई कविता का अंग्रेज़ी अनुवाद किया और वह 'पाकिस्तान टाइम्स' में छपी थी ।

फिर कुछ बरस बाद साहिर की मुलाक़ात पर मैंने एक नज़्म लिखी—'सात बरस', वह चाहे देश के विभाजन के समय पाकिस्तान नहीं गया था (गया था, पर वहाँ रहा नहीं), 'वह हिन्दुस्तान में था, पर सात बरस उससे मुलाक़ात नहीं हो सकी थी । सात बरस के बाद मिला, तो एक कविता लिखी, वह छपी, तो किसी तरह पाकिस्तान भी पहुँच गई । सज्जाद ने पढ़ी और मुझे ख़त लिखा—'मैं तुमसे मिलने के लिए हिन्दुस्तान आना चाहता हूँ, पन्द्रह-बीस दिन की छुट्टी लेकर । तुम बड़ी उदास लगती हो । मैं तुमसे 'उसकी' बातें करूँगा, जिसके लिए तुमने 'सात बरस' कविता लिखी है ।'

वह आकर अठारह दिन दिल्ली में रहा, रात को मरीना होटल में, और सारा दिन मेरे पास । यह मेरी ज़िन्दगी में पहला समय था, जब मैंने जाना कि दुनिया में मेरा भी कोई दोस्त है, हर हाल में दोस्त, और पहली बार जाना कि कविता केवल इश्क़ के तूफ़ान में से ही नहीं निकलती, यह दोस्ती के शांत पानियों में से भी तैरती हुई आ सकती है । सज्जाद के जाने के समय मैंने कविता लिखी—'कहीं पंख बिकते हों, तो हमें दो, परदेसी ! या हमारे पास रह जाओ…'

एक बार लाहौर में किसी दावत में सज्जाद के एक दोस्त की बीवी ने मिठाइयाँ देते हुए सज्जाद को बार-बार इमरती पेश की । सज्जाद ने एक-दो बार तो हँसकर टाल दिया, पर फिर संजीदा होकर बोला, 'भाभी, तुमने उसके नाम को लेकर आज मुझसे मज़ाक किया है, फिर कभी न करना । तुम्हें नहीं मालूम कि मेरी मुहब्बत में उसके लिए परस्तिश भी शामिल है ।'

उसकी हसीन रूह की एक और घटना याद आ रही है । हम कनॉट प्लेस से घर आए थे, स्कूटर में । स्कूटर वाले ने कुछ ज़्यादा ही पैसे माँगे, मैं उससे पैसों के बारे में कुछ

कह रही थी कि सज्जाद ने ज़ल्दी से जितने पैसे उसने माँगे थे, उतने उसे थमा दिए और उसके जाने के बाद मुझसे कहने लगा, 'ये जितने भी लोग पाकिस्तान से उजड़कर आए हैं, मुझे लगता है, मैं सबका कुछ-न-कुछ देनदा' हूँ...

काश, इस मनुष्य की रूह से सारी दुनिया की राजनीति, अगर बहुत नहीं तो थोड़ा-सा ही सौन्दर्य माँग लेती...!

फिर राजनीतियों के कर्म के दोनों देशों में चिट्ठी-पत्री बंद हो गई। जिन वर्षों में मैं बड़ी मुश्किल हालत से गुज़र रही थी, बड़ी अकेली थी, सज्जाद का ख़त भी मेरे साथ नहीं था (उन दिनों कई महीने तक एक साइकेट्रिस्ट के इलाज में रही थी, उसके कहने पर उसके लिए जो अपनी परेशानियाँ और सपने लिखे थे, वही फिर 'काला गुलाब' किताब में छपे थे)।

फिर इमरोज़ मेरी ज़िन्दगी में आया। दोनों देशों में कुछ समय के लिए चिट्ठी-पत्री भी खुली। फिर मैंने और इमरोज़ ने सज्जाद को ख़त लिखा। जवाब में उसका जो ख़त इमरोज़ के नाम आया, दुनिया के सब इतिहास उसे सलाम कर सकते हैं। लिखा था—'मेरे दोस्त, मैंने तुम्हें देखा नहीं है, पर 'ऐमी' की आँखों से देख लिया है, और आज दुनिया के इतिहास में जो नहीं हुआ, वह हुआ है। मैं तुम्हारा रक़ीब तुम्हें सलाम भेजता हूँ।'

साहिर से भी मेरी और इमरोज़ की मुलाक़ात हुई थी। पहली मुलाक़ात में वह उदास था। हम तीनों ने एक ही मेज़ पर जो कुछ पिया, उसके ख़ाली गिलास हमारे आने के बाद भी कुछ देर तक उसकी मेज़ पर पड़े रहे। उस रात को उसने नज़्म लिखी थी—'मेरे साथी ख़ाली जाम, तुम आबाद घरों के वासी, हम हैं आवारा बदनाम'...और यह नज़्म उसने मुझे रात के कोई ग्यारह बजे फ़ोन पर सुनाई, और बताया कि वह बारी-बारी से तीनों गिलासों में ह्विस्की डालकर पी रहा है, पर बम्बई में दूसरी मुलाक़ात के समय इमराज़ को बुख़ार चढ़ा हुआ था, उसने उसी वक़्त अपना डॉक्टर भेज दिया था, उसके इलाज के लिए।

सज्जाद के बारे में जो मन में था, निस्संकोच क़लम की नोक पर आ गया है—अपने पाक रूप में, पर राजनीतिक हालात का तकाज़ा है कि उसका ज़िक्र भी मेरी ज़बान पर नहीं आना चाहिए। पिछले दिनों जब रेडियो और टेलीविज़न के लिए कुछ संस्मरण प्रस्तुत करते हुए मैंने फ़ैज़, नदीम और सज्जाद का कुछ बार नाम लिया, तो पाकिस्तान के कुछ

अख़बारों ने उसके अर्थ तोड़-मरोड़कर मेरे साथ अपने लोगों को भी बुरा-भला कहा···

एक सजदा

1973 का अगस्त, अठारह तारीख़, अशोका होटल से फ़ोन आया, 'मैं पाकिस्तान से सुलह की बातचीत करने के लिए जो डेलीगेशन आया है, उसका एक मेम्बर बोल रहा हूँ···'

खाना खा रही थी, हाथ का ग्रास हाथ में रह गया। मन के अंतर्तम में एक तृप्ति का आभास हुआ। घड़ी की ओर देखा, आधा घंटे में वह फ़ोन वाला भला आदमी मुझे सज्जाद का ख़त और उसकी भेजी हुई एक किताब देने आ रहा था···

आधे घंटे बाद आने वाले को लैंपशेड पर पेंट किया हुआ फ़ैज़ का शे'र दिखाया और लाइब्रेरी की आलमारियों पर पेंट किया हुआ क़ासमी का शे'र दिखलाया। कहा, 'इस बार सुलह की बातचीत को पूरा करके जाना, उन देशों में आपस में काहे की दुश्मनी, जिनके शे'र एक-दूसरे के घरों की दीवारों पर बैठे हुए हैं···'

प्यारा-सा जवाब मिला, 'इन्शा अल्लाह ! ज़रूर सुलह होगी।'

और उस भले दूत के जाने के बाद ख़त खोला, अक्षरों का जादू देखा, जो काली स्याही में नहाकर, लगता था, सुनहरे हो गए हैं—'ऐमी, तुम्हें ख़त भेजने का मौक़ा गँवाया नहीं जा सकता, जब भी कोई मेहरबान सरहद को चीरने लगता है। मेरा पिछला ख़त तुम्हें रोम से पोस्ट हुआ था, वह एक उस दोस्त ने किया था, जो हमारे पहले प्रेसिडेंट के साथ वहाँ गया था। मुझे उम्मीद है, मिल गया होगा। इस बार एक ऐसा संजोग बना है कि यह बार शायद तुम्हें दस्ती पहुँचाया जा सके। इसे लेकर आने वाला मेरा प्यारा दोस्त है। वह शायद तुमसे मिलना भी मुमकिन कर ले। मैं तुम्हें देखना चाहता हूँ, इतना कि चाहे एक एतबारी दोस्त की आँखों से ही देखूँ। मैंने उससे कहा, फ़ोन करे, पूछे कि मुलाक़ात मुमकिन हो जाए, तो वह जब वापस आएगा, मैं उससे कितनी देर तक कितने ही सवाल पूछता रहूँगा, वह कैसी लगती है ? वह कैसे कपड़े पहने हुए थी ? क्या वह हँसी थी ? मेरे बारे में उसने क्या कहा था ? वह अभी भी उसी तरह से है ? एक सौ सवाल। वह ख़ुशनसीब है, मैं एक उड़ते हुए पल की मुलाक़ात के लिए तरसा हुआ हूँ···'

ख़लील जिब्रान ने जब कहा था, 'ज़िन्दगी का मक़सद ज़िन्दगी के भेदों तक पहुँचना है और दीवानगी इसका एकमात्र रास्ता है।' मैं सोचने लगी, तब मेरे सज्जाद का नाम

ख़लील जिब्रान था···

मुझे अपनी दीवानगी पर गर्व है, पर आज वह भी सज्जाद की दीवानगी के सामने सिजदे में झुकी हुई है ।

देखी, सुनी और बीती घटनाएँ

जीवन की देखी, सुनी और बीती घटनाएँ कब और किस प्रकार लेखक की रचना का अंश बन जाती हैं, कभी चेतन तौर पर और कभी बिल्कुल अचेतन तौर पर, यह किसी हिसाब की पकड़ में नहीं आता ।

विशेषकर अचेतन तौर पर जो अनुभव किसी रचना का अंश बन जाता है, वह कई बार अपनी आँखों के लिए भी एक अचम्भा-सा हो जाता है ।

रवीन्द्रनाथ ठाकुर से जब मुलाक़ात हुई थी, बहुत छोटी थी । कविताएँ तब भी लिखती थी, पर बचकानी-सी । उन्होंने जब एक कविता सुनाने के लिए कहा, तो सकुचाकर सुनाई थी, पर उन्होंने जो प्यार और ध्यान दिया था, वह कविता के अनुरूप नहीं था, उनके अपने व्यक्तित्व के अनुरूप था । उसका प्रभाव मुझ पर गहरा हुआ, और फिर जब रवीन्द्रनाथ ठाकुर की जन्म-शताब्दी मनाई जाने वाली थी, तब मैंने उन पर एक कविता लिखनी चाही । कुछ पंक्तियाँ लिखीं भी, पर तसल्ली नहीं हुई । फिर मैं मास्को चली गई (1961 में) । वहाँ जिस होटल में ठहरी थी, उसके सामने मायकोव्स्की का बुत बना हुआ था, और जिस जगह वह होटल था, उसका नाम गोर्की स्ट्रीट था ।

एक रात की बात—लगभग दस बजे होंगे, मैंने होटल की खिड़की से देखा कि एक जनसमूह मायकोव्स्की के बुत के गिर्द इकट्ठा है । ज्ञात हुआ कि कई नौजवान कवि प्रायः रात के समय वहाँ आकर खड़े हो जाते हैं, और बुत के चबूतरे पर खड़े होकर कभी वे मायकोव्स्की की कोई कविता पढ़ते हैं, और कभी अपनी । रास्ता चलते लोग उनके इर्द-गिर्द आकर खड़े हो जाते हैं, और कविताएँ सुनते हैं, फ़रमाइशें भी करते हैं, और इस प्रकार यह खुला कवि-सम्मेलन आधी रात तक चलता रहता है । हवा ठंडी लगने लगे, तो लोग अपने कोटों के कॉलर ऊपर पलट लेते हैं, मेंह बरसने लगे, तो सिर के ऊपर छतरी तान लेते हैं । मैं भी कुछ देर के लिए कोट पहनकर इस खुले कवि-सम्मेलन में चली गई । यूँ तो मुझे रूसी भाषा का एक भी शब्द समझ में नहीं आया, पर उनके स्वर की गर्माहट मेरी समझ में ज़रूर आई । फिर जब मैं अपने कमरे में लौटी, तो मेरे सामने

रवीन्द्रनाथ ठाकुर का चेहरा भी था, मायकोव्स्की का भी, और गोर्की का भी । सारे चेहरे मिश्रित-से हो गए, जैसे एक हो गए हों, और उस रात रवीन्द्रनाथ ठाकुर वाली कविता पूरी हो गई—

महरम इलाही हुस्न दी, क़ासद मनुखी इश्क़ दी,
एह क़लम लाफ़ानी तेरी, सौग़ात फ़ानी जिस्म दी···

'आक के पत्ते' उपन्यास में उसका मुख्य पात्र जब रोज़ शाम के समय स्टेशन जाकर आने वाली गाड़ियों में अपनी खोई हुई बहन का चेहरा ढूँढ़ता है, तो एक दिन अनायास ही उसके पैर उसे अपने गाँव वाली गाड़ी के अंदर ले जाते हैं । जाड़े के दिन, कोई गर्म कपड़ा पास नहीं, वह रात की ठंड में गुच्छा-सा बैठ जाता है । विचारों में डूबा हुआ उसका मन, नींद में भी डूब जाता है । एक स्टेशन पर गाड़ी रुकती है, तो उतरने-चढ़ने वाली सवारियों की आहट से वह जाग उठता है । देखता है, उसके एक रज़ाई लिपटी हुई है, एक बड़े नर्म-से चेहरे का बूढ़ा आदमी पास की सीट पर बैठा हुआ है, एक खेस लपेटे हुए, अपनी रज़ाई उसे उढ़ाकर । एक दिन अचानक इस उपन्यास का यह अंश सामने आया, तो याद आया, यह उपन्यास लिखने के चार वर्ष पहले, मैं जब रोमानिया से बल्गारिया जा रही थी, रात बहुत ठंडी थी, पास में अपने कोट के सिवाय कुछ नहीं था, वही घुटने जोड़कर ऊपर तान लिया था, फिर भी जब उसे सिर की ओर खींचती थी, तो पैरों को ठिठुरन लगती थी, पैरों पर डालती थी तो सिर और कंधों को ठंड लगती थी । न जाने कब मुझे नींद आ गई । लगा, सारे शरीर में गर्मी आ गई है । बाक़ी रात ख़ूब गर्माइश में सोती रही । सवेरे तड़के जागी, तो देखा, मेरे डिब्बे में सफ़र करने वाले एक बल्गारियन आदमी ने अपना ओवरकोट मुझ पर रज़ाई की तरह डाल दिया था ।

यह घटना मैंने चेतन तौर पर इस उपन्यास में नहीं डाली थी, पर लिख चुकने के कितने ही वर्ष बाद जब पढ़ा, तो लगा कि उस रात की गर्माइश मेरी रगों में कहीं एक अमानत की तरह पड़ी हुई थी ।

'यात्री' उपन्यास 1968 में लिखा था । उसकी एक पात्र सुन्दरां बिल्कुल कल्पित थी । मैं उपन्यास के मुख्य पात्र की जन्म-कथा जानती थी, उसके संबंध में लिखा भी था, 'नायक को जानती हूँ, उस दिन से, जिस दिन उसे साधुओं के एक डेरे में चढ़ाया गया था । बहुत बरसों की बात, पर अब भी ध्यान आ जाती है, तो बहुत तराशे हुए नक़्श वाला उसका साँवला चेहरा, उसकी सारी उदासी के समेत आँखों के सामने आ जाता है ।' पर सुन्दरां मेरी कल्पना से निकलकर इस उपन्यास के पृष्ठों में उतरी थी, और मेरी समझ में नहीं

आता था कि सुन्दरां का पात्र चित्रित करते समय मेरी आँखें क्यों भर-भर आती रही थीं।

उपन्यासकार लिखकर सबसे पहले इमरोज़ को सुनाया था, और सुनाते-सुनाते जब सुन्दरां का ज़िक्र आया, मेरे अपने कलेजे को जैसे किसी ने कचोट लिया। फिर यह उपन्यास हिन्दी में उलथा हुआ। हर अनुवाद छपने से पहले सुना करती हूँ। इसे सुनते समय जब फिर सुन्दरां की बात आई, मैं बेचैन हो गई।

उपन्यास हिन्दी में छप गया। तब 1969 था। पंजाबी में दो वर्ष बाद छपा, 1971 में। उसके प्रूफ़ देखते समय फिर जब सुन्दरां आई, तो मैं व्याकुल हो गई।

अपने आपको इस अपने दिल में पड़ने वाली कसक का कुछ पता नहीं लगता था, पर 1973 में जब इस उपन्यास का अंग्रेज़ी में अनुवाद हो रहा था, उस समय जब सुन्दरां सामने आई, तो ऐसा प्रतीत हुआ, जैसे मैं स्वयं अपनी नब्ज़ देख रही हूँ···

लेखक के अपने जीवन की घटनाएँ उपन्यासों-कहानियों के पात्रों में सदा ढलती हैं, छाती के भीतर से उठती हैं, काग़ज़ों पर जा उतरती हैं, परंतु यह सुन्दरां उसके विपरीत अनुभव है, यह काग़ज़ों में से उठकर मेरी छाती में उतर गई थी। अचानक लगा, जैसे घोर अँधेरे में एकाएक दीया जल उठे कि यह सुन्दरां मैं हूँ···

'मैं' को मैंने चेतन तौर पर सुन्दरां में नहीं ढाला था, इसलिए कई वर्ष तक इसे पहचान नहीं सकी थी। वह अपना अस्तित्व मुझे भीतर-ही-भीतर खरोंचता था। मैं मन की तहों को टटोलती थी, फिर भी यह पहचान में नहीं आता था, पर जब पहचान में आया, तो अपना एक-एक विचार तक पहचान में आ गया···

सुन्दरां जब मंदिर में जाकर शिव और पार्वती के चरणों पर फूलों की झोली उलटती है, ताकि जब वह शिव-पार्वती के चरणों पर माथा नवाए, तब फूलों के ढेर के नीचे से बाँह फैलाकर मूर्तियों के पास खड़े हुए अपने प्रिय के पैरों को भी हथेली से छू ले और उसके हाथ पर किसी की नज़र भी न पड़े तो लगा, यह मैं हूँ, जो अनेक वर्ष के चेहरे की इस प्रकार कल्पना करती रही कि अक्षर-ही-अक्षर, फूलों के ढेर की भाँति, अंबार लगा दिए और जिनके नीचे से बाँह ले जाकर किसी को इस तरह छू लेना चाहती थी कि ऊपर से किसी देखने वाले को दिखाई न दे।

सुन्दरां बहुत समय तक, चुपचाप फूल चुनती रही, और सबकी चोरी से अपने प्रिय के पैर छूती रही। मैं अनेक वर्षों तक कविताओं के अक्षर जोड़ती रही, और चुपचाप अपने प्रिय के अस्तित्व को छूती रही···

सुन्दरां का प्रिय जीता-जागता था, पत्थर की मूर्ति के समान था, जिसे सुन्दरां के मन का सेंक नहीं पहुँचता था, और मैं भी अनेक वर्षों तक सुन्दरां की जगह पर खड़ी रही थी,

मेरे मन का सेंक भी कहीं नहीं पहुँचता था, एक पत्थर जैसी चुप से टकराता था, और सुलगता-बुझता फिर मेरे पास ही लौट आता था ।

सुन्दरां जब शरीर पर विवाह का जोड़ा और नाक में सोने की नथ पहनकर मंदिर में अपने प्रिय को अंतिम प्रणाम करने के लिए आती है, कुछ आँसू लुढ़ककर उसकी नथ के तार पर अटक जाते हैं, मानो नथ की आँखों में आँसू भर आए हों, तो यह समूची मैं थी, मेरे हर चाप-छल्ले की आँखों में इसी तरह आँसू भर-भर आते थे···

ओ खुदाया ! कभी अपना आप भी अपने से इस तरह छिप-छिप जाता है···यह अचेतन मन का कैसा खेल है !

पूरे ग्यारह वर्ष की नहीं थी जब माँ मर गई थी । माँ की ज़िन्दगी का आख़री दिन मुझे पूरी तरह याद है । 'एक सवाल' उपन्यास में उपन्यास का नायक जगदीप मरती हुई माँ की खाट के पास जिस तरह खड़ा हुआ है, उसी तरह मैं अपनी मरती हुई माँ की खाट के पास खड़ी हुई थी, और मैंने जगदीप की भाँति, एकाग्र मन होकर ईश्वर से कहा था, 'मेरी माँ को मत मारो ।' और मुझे भी, उसी की तरह, विश्वास हो गया था कि अब मेरी माँ की मृत्यु नहीं होगी, क्योंकि ईश्वर बच्चों का कहा नहीं टालता, पर माँ की मृत्यु हो गई, और मेरा भी जगदीप की तरह ईश्वर के ऊपर से विश्वास हट गया ।

और जिस तरह ज़गदीप उस उपन्यास में माँ के हाथों की पकाई एक आले में रखी हुई दो सूखी रोटियों को सँभालकर अपने पास रख लेता है—'इन रोटियों को टुकड़े-टुकड़े करके कई दिन खाऊँगा'—उसी प्रकार मैंने उन सूखी हुई रोटियों को पीसकर एक शीशी में रख लिया था

यह सब कुछ मैंने चेतन तौर पर उस उपन्यास में डाला था, पर 'यात्री' उपन्यास में महन्त किरपा सागर के किसी भी वर्णन में मैंने चेतन तौर पर अपने पिता की याद को नहीं डाला था, पर जब बरसों बाद मैंने उस उपन्यास को पढ़ा, तो जब महन्त किरपा सागर की मृत्यु के बाद उपन्यास का नायक उसकी आवाज़ का अपने मन में ध्यान करता, तो मुझे लगा, यह मैं स्वयं अपने पिता की आवाज़ का ध्यान कर रही थी । उनकी आवाज़ में कुछ ख़ास तरह का ऐसा था, नदी के जल के समान, हलका-सा होते हुए भी बहुत भारी, और अपने ही ज़ोर से बहता हुआ । कोई पत्थर, कंकर, पत्ता या हाथों का मैल उसमें फेंक दे, तो उससे बेपरवाह उसे बहाकर ले जाता, या उसे पैरों में फेंककर उसके ऊपर से गुज़र जाता । उनकी आवाज़ एक सीध में चली जाती थी, इर्द-गिर्द की बातें सुनकर कभी रुकती हुई नहीं लगती थी । साधुओं के डेरों में भी, घर-गृहस्थियों की भाँति झगड़े-झमेले और निन्दा-चुगली रचते-बसते हैं । जाले इनके कोनों में भी लगते हैं, पर

उनकी आवाज़ नदी के वेग के समान, इस सब-कुछ को बहाकर ले जाती थी, और इसकी ओर आँख भरकर देखती तक नहीं थी। यह आवाज़ दो तरह की थी, एक भारी, गहरी और वेगवती, दूसरी बहुत सूक्ष्म, उदास और पवन की भाँति पवन में मिलती हुई...

और उपन्यास में महन्त किरपा सागर जिन बोलों को बार-बार दोहराते हैं, याद आया कि वही बोल मेरे पिता के होंठों पर हुआ करते थे—'मुद्दतें गुज़र गईं बेयारो मददगार हुए...'

महन्त किरपा सागर की कहानी का कुछ अंश मैंने चेतन तौर पर अपने पिता के एक मित्र साधु के जीवन से लिया था, पर जब महन्त किरपा सागर के स्वभाव का वर्णन किया, तो अचेतन तौर पर मुझसे अपने ही पिता के स्वभाव का वर्णन हो गया।

15 मई, 1973 को जब मुझे दिल्ली विश्वविद्यालय ने डी०लिट्० की ऑनरेरी डिग्री दी थी, मेरे घर लौटने पर देविन्दर ने अपनी जेब में कुछ छिपाते हुए कहा था, 'दीदी, आज कुछ मन-आई करने का जी कर रहा है, नाराज़ मत होना।'

जवाब में मैंने हँसकर कहा था, 'भाई, तुम्हारे मन में जो भी आएगा, अच्छा ही होगा', और देविन्दर ने जेब से एक रेशमी रूमाल, मिसरी और इक्कीस रुपए निकालकर कहा, 'दीदी, तुम्हारे पिता या भाई कोई होता, तो कुछ न कुछ शगुन करता, यह शगुन उनकी तरफ़ से...'

आँखें भर आईं, और याद आया, 'एक सवाल' उपन्यास में जब उपन्यास का नायक अपने पिता की मृत्यु के बाद अपनी भरपूर जवान सौतेली माँ का अपने हाथों उसके मन का विवाह करता है, और वह जवान लड़की थाली में रोटी डालकर कहती है, 'आ, माँ-बेटे साथ खाएँ', तो वह रोटी का पहला ग्रास तोड़ते हुए कहता है, 'पहले यह बताओ कि तुम मेरी माँ लगती हो, या बहन या बेटी ?' तो उपन्यास का यह अंश लिखते समय देविन्दर मेरे सामने नहीं था, पर चौदह वर्ष बाद जब देविन्दर ने वह रूमाल, वह मिसरी और वे रुपए मेरी झोली में डाले, मेरे मन में आया हुआ बोल निरा-पूरा वही था, 'तुम पहले यह बताओ कि तुम मेरे पिता लगते हो, मेरे भाई, या मेरे पुत्र ?'

एक कहानी 'पिघलती चट्टान' मैंने 1974 के आरंभ में लिखी थी। तब बिल्कुल नहीं जानती थी कि मेरे अचेतन मन की यह कौन-सी अभिव्यंजना है। मैंने इसकी पृष्ठभूमि नेपाल के स्वयंभू पर्वत के शिखर पर स्थित एक मंदिर रखी थी, जहाँ एक नवयुवती राजश्री रात के चौथे पहर में जाती है और वहाँ पहुँचकर दूसरी ओर की ढलान की ओर उतरते हुए वह बसीगा नदी के पथ को पहचान लेती है, जिस नदी में कभी दो सौ वर्ष पूर्व उसके

वंश की एक कुमारी ने जीवन से मुक्ति प्राप्त करने का मार्ग खोज लिया था ।

राजश्री मन के असमंजस में वही मार्ग चुनती है, जो कभी उसके वंश की एक कुमारी ने चुना था । साथ ही सोचती है, पैरों के लिए एक यही रास्ता क्यों बना है ?

कहानी आगे बढ़ती है, तो राजश्री के मन में एक युग पलटता है । वह स्वयं को पहचान जाती है, जान जाती है कि किसी एक समय का सत्य, हर समय का सत्य नहीं होता···और वह मृत्यु की ढलान की ओर से पैर लौटाकर जीवन की चढ़ाई के रास्ते को पकड़ लेती है ।

पूरे दो वर्ष बीत गए । इस कहानी के पात्र के साथ अपने आपको जोड़कर कभी भी नहीं देखा था कि एक रात को अर्द्धनिद्रा की अवस्था में मेरे जीवन का समय-चक्र लगभग पैंतीस बरस पीछे चला गया और मैंने देखा, मैं मुश्किल से कोई बीस बरस की हूँ, गुजराँवाला गई हूँ, उसी गली, उसी घर में, जहाँ कभी मेरे पिता की बहन हाको तहखाने में उतरकर चालीसा काटते हुए मर गई थी ।

···कानों में वही आवाज़ आई, पैंतीस बरस पहले की, जब मुझे देखकर गली की जीवी नाम की भक्तिन, जो पहले तो मुझे देखती रह गई थी, फिर अपने चकित चेहरे पर हाथ रखकर बोली थी, 'हाय, मैं मर गई ! बिल्कुल वही, वही हाको··वैसी की वैसी····'

उस गली में मेरी बुआ हाको के समय की यही एक स्त्री थी, जो अभी जीवित थी । उसने यह कहा, तो मैंने शीशे में अपने चेहरे को देखकर पहली बार हाको के चेहरे की कल्पना की । यूँ तो अपनी बुआ की सूरत से मेरी सूरत का मिल जाना एक स्वाभाविक बात हो सकती थी, पर लगा, यह प्रकृति का कोई रहस्य है, शायद होनी का संकेत । मैं उस समय मन की गहरी परेशानी से गुज़र रही थी । ब्याह हो चुका था, पर मन उखड़ा-उखड़ा था ।···अपने चेहरे में हाको का चेहरा देखा, तो आँखें भर आईं । लगा, हाको का अंत ही मेरा अंत है···

वही दिन थे, जब मैंने मरना नहीं, जीना चाहा । तड़पकर सोचा, 'पैरों के लिए एक यही रास्ता क्यों बना है ?' और फिर तड़पकर फ़ैसला किया, 'मैं हाको की तरह मरूँगी नहीं··जीऊँगी····'

जन्मों की बात नहीं जानती थी, पर सोचा, जीवी भक्तिन के कहे अनुसार यदि यह सच भी है कि पिछले जन्म में मैं ही हाको थी, तब भी इस जन्म में उस तरह मरूँगी नहीं।

पर यह आपबीती मुझे 1947 में कहानी 'पिघलती चट्टान' लिखते समय चेतन तौर पर बिल्कुल याद नहीं थी । मेरा अचेतन मन न जाने किस समय ऊपर आकर यह कहानी लिखवा गया, और फिर, आँखों से भी अपने आप को चुराता हुआ मन की तहों में उतरकर

लोप हो गया···

कुछ घटनाएँ बहुत ही थोड़े समय के बाद रचना का अंग बन जाती हैं, पर कुछ घटनाओं को क़लम तक पहुँचने के लिए बरसों का फ़ासला तय करना पड़ता है । पहली तरह की घटनाओं में मुझे एक याद है, जब मैं 1960 में नेपाल गई थी । लगभग पाँच दिन तक रोज़ शाम के समय किसी-न-किसी बैठक में कवि-सम्मेलन होता था, जहाँ कुछ नेपाली कवि रोज़ मिल जाते थे । उनके एक कवि थे चढ़ती जवानी में, किन्तु बहुत ही गंभीर स्वभाव के । मैंने केवल इतना ही जाना था कि वह रोज़ धीरे से मेरी एक ख़ास कविता की फ़रमाइश अवश्य करते थे, इससे ज़्यादा कुछ नहीं, पर जिस दिन वापस दिल्ली आना था, और कई कवियों के साथ वह भी एयरपोर्ट आए थे, और संयोग था कि उस दिन प्लेन एक घंटे लेट था, प्रतीक्षा के सारे समय में वह मेरा भारी गर्म कोट उठाए रहे । फिर प्लेन के आने पर जब मैं उनसे कोट लेने लगी, तो उन्होंने धीरे से कहा, 'यह जो भार दिखाई देता है, यह तो आप ले लीजिए, जो नहीं दिखाई देता, वह मैं लिए रहूँगा'···और मैं बस चौंक-सी गई थी । दिल्ली पहुँचकर एक कहानी लिखी—'हुंकारा', उनके बारे में नहीं, पर यह वाक्य अनायास ही उस कहानी में आ गया ।

अब दूसरे प्रकार की घटना, जो क़लम तक पहुँचने में बरसों लगा देती है, उसका एक उदाहरण मेरी कहानी 'दो औरतें' है, जिसमें एक औरत शाहनी है और दूसरी एक वेश्या, शाह की रखेल । यह सारी घटना लाहौर में आँखों के सामने होती हुई देखी थी । वहाँ एक धनी परिवार के लड़के का ब्याह था, और घर की लड़की-बालियाँ गा-बजा रही थीं । उस परिवार से मामूली-सा परिचय था । उस समय मैं भी वहाँ थी, जब यह पता चला कि लाहौर की प्रसिद्ध गायिका तमंचा जान वहाँ आ रही है । वह आई—बड़ी ही छबीली, नाज़-नख़रे से आई । उसे देखकर एक बार तो घर की मालकिन का रंग हल्दी जैसा पीला पड़ गया, पर आख़िर वह थी तो लड़के की माँ । तमंचा जान जब गा चुकी, तब शाहनी ने सौ का नोट निकालकर उसके आँचल में ख़ैरात की तरह डाल दिया । इस समय नाज़-नख़रे वाली हैसियत मिटने जैसी हो आई, पर अपना ग़रूर क़ायम रखने के लिए औरतों की उस भरी मजलिस में बोली, 'रहने दो, शाहनी, आगे भी तो इस घर का ही खाती हूँ···' और इस प्रकार शाह से नाता जोड़कर जैसे उसने शाहनी को छोटा कर दिया । मैंने देखा, शाहनी औरतों की उस भरी मजलिस में एक बार खिसियानी-सी हुई, पर फिर सँभलकर लापरवाही से नोट को तमंचा जान को लौटाते हुए बोली, 'सुन री, शाह से तो तू हमेशा ही लेगी, पर मुझसे तुझे कब-कब मिलेगा ।'

यह दो औरतों का अजीब टकराव था, जिसकी पृष्ठभूमि में सामाजिक मूल्य थे । तमंचा चाहे लाख जवान थी, छबीली थी, कलाकार थी, और शाहनी मोटी और ढलती

आयु की थी और हर प्रकार से उस दूसरी औरत के सामने साधारण थी, उसके पास पत्नी और माँ होने का जो मान था, वह बाज़ार की सुंदरता पर भारी था···

पर यह कहानी मैं पूरे पचीस वर्ष बाद लिख पाई।

1975 में मेरे उपन्यास 'धरती, सागर और सीपियाँ' के आधार पर जब 'कादम्बरी' फ़िल्म बन रही थी, तो उसके डायरेक्टर ने मुझसे फ़िल्म का एक गीत लिखने के लिए कहा। अवसर वह बताया, जब चेतना, सामाजिक चलन के ख़याल को हाथ से परे हटाकर अपने प्रिय को अपने मन में, और तन में, हासिल कर लेती है, और इस मिलन और दर्द के स्थल पर खड़ी चेतना को सामने रखकर, मैं जब गीत लिखने लगी, तो अचानक वह गीत सामने आ गया, जो मैंने 1960 में इमरोज़ से पहली बार मिलने पर अपने मन की दशा के बारे में लिखा था। जो दशा मैंने अपने मन पर भोगी थी, लगा, वही अब चेतना को भोगनी है, और उस गीत से अच्छा कुछ और नहीं लिखा जा सकता। सो मैं अपने पंजाबी गीत को हिन्दी में अनुवाद करने लगी, तब मुझे लगा, जैसे चेतना के रूप में मैं पन्द्रह बरस पहले की वह घड़ी फिर से जी रही हूँ—

अम्बर की एक पाक सुराही, बादल का एक जाम उठाकर
घूँट चाँदनी पी है हमने, बात कुफ़्र की की है हमने

कैसे इसका कर्ज़ चुकाएँ, माँग के अपनी मौत के हाथों
यह जो ज़िन्दगी ली है हमने, बात कुफ़्र की की है हमने

अपना इसमें कुछ भी नहीं है, रोज़े-अज़ल से उसकी अमानत
उसको वही तो दी है हमने, बात कुफ़्र की की है हमने···

नीना मेरे 'आलना' उपन्यास की कल्पित पात्र थी, पर उसे लिखते हुए उसके नैन-नक़्श मेरे मन में इस तरह उभर आए थे कि एक दिन वह मेरे सपने मे आ गई। बहुत गुस्से में पहले चुपचाप मेरे पास आकर खड़ी रही, फिर तड़पकर कहने लगी, 'तुमने मेरा अंत इतना दुःखान्त क्यों बनाया ? क्यों ? अगर मैं जीवित रहती, तुम्हारा क्या हर्ज होता ? तुमने मुझे क्यों मरने दिया ? क्यों ? मैं जीना चाहती थी···'

उपन्यास में एक जगह नीना कहती है, 'मेरी माँ भी सुखी न हो सकी, वह शायद मैं ही थी, पहले जन्म में, और अब मैं सुखी न हो सकी, दूसरे जन्म में, शायद अपनी पुत्री के रूप में सुखी होऊँगी, तीसरे जन्म में···' यह जन्मों की बात मैंने किसी जन्मों में विश्वास के कारण नहीं लिखी थी, केवल तीन पीढ़ियों की बात को प्रतीकात्मक रूप में ढाला था, पर यह बात मेरी पाठक लड़कियों में से एक के मन में इतनी गहरी बैठ गई

कि उसने अपने आपको नीना समझ लिया और यह विश्वास भी कर लिया कि वह मर कर तीसरे जन्म में जाएगी, तो सुखी होगी···वह मुझे पत्र लिखती, पर अपने नाम और पते के बिना, केवल इतना ही लिखती—'मैं आपके उपन्यास की नीना हूँ'—मैं उसे इस वहम से निकालना चाहती थी कि वह इस कहानी में अपनी क़िस्मत की परछाईं न देखे, पर कमबख़्त ने कभी भी मुझे अपना पता नहीं लिखा। मैं नहीं जानती उसके साथ ज़िन्दगी में फिर क्या हुआ···

इसी प्रकार उपन्यासों-कहानियों के कई पात्र पाठकों के लिए इतने सजीव हो उठते हैं कि वे पत्रों में मुझे लिखते हैं—'वह ऐना, वह अलका, वह अनीता जहाँ भी है, उसे प्यार देना···

'एक थी अनीता' उपन्यास जब उर्दू में छपा, तो हैदराबाद से वेश्या घराने की एक औरत ने मुझे एक पत्र लिखा कि वह उसकी कहानी है। उसकी आत्मा भी उसी प्रकार पवित्र है, उसकी जिज्ञासा भी वही है, केवल घटनाएँ भिन्न हैं, और उसने अपना नाम-पता बताकर लिखा कि अगर मैं उसकी कहानी लिखना चाहूँ, तो वह कुछ दिनों के लिए दिल्ली आ सकती है। मैंने उसे पत्र लिखा, पर उसके बाद कभी उसका पत्र नहीं आया, न जाने उस इतनी संवेदनशील औरत का क्या हुआ ?

हाँ, 'एरियल' नॉवलेट की मुख्य पात्रा मेरे पास आकर लगभग डेढ़ महीने मेरे घर पर रही थी, ताकि मैं उसकी ज़िन्दगी पर कुछ लिख सकूँ। नॉवलेट लिखकर पहले उसे सुनाया था। इस रीडिंग के समय उसकी आँखों में कई बार संतोष के आँसू आए। इस प्रकार अगर किसी व्यक्ति विशेष पर कहानी या उपन्यास लिखूँ, तो उस पात्र की तसल्ली मेरे लिए कहानी छपने से अधिक ज़रूरी होती है। मेरा विश्वास है कि रचना मानव जीवन के अध्ययन के लिए है, न कि कुछ लोगों को दुखाने के लिए, या उनके बारे में चौंकाने वाली अफ़वाहें फैलाने के लिए, जैसा कि हमारे कुछ पंजाबी लेखक करते हैं।

'बुलावा' नॉवलेट मैंने बम्बई के प्रसिद्ध कलाकार फ़ैज़ के जीवन पर लिखा था। उन्होंने रेस के घोड़ों पर केवल पैसा ही नहीं लगाया, अपना सारा जीवन लगा दिया है। उनकी कला और उनका यह घातक शौक़ दोनों परस्पर विरोधी दिशाएँ हैं। इसी खींच-तान में पड़े हुए उनके जीवन के आवारा वर्षों की कथा लिखने की कोशिश की थी, पर लिखकर सबसे पहले यह नॉवलेट उन्हें ही सुनाया और उनकी अनुमति लेकर प्रेस में दिया।

इसी प्रकार कई कहानियाँ हैं। एक किसी देश के राजदूत की बड़ी प्यारी और उदास पत्नी पर लिखी थी, जिसे उसके पढ़ने के लिए पहले अंग्रेज़ी में अनुवाद करवाया और फिर उसकी अनुमति लेकर प्रेस में दिया। दो-तीन कहानियाँ मैंने अपनी एक बहुत

अच्छी दोस्त की ज़िन्दगी पर लिखी हैं, उसकी ज़िन्दगी के बड़े नाज़ुक वक़्तों के बारे में, पर छपवाने से पहले उसे सुनाई, उसके कहने के अनुसार शहरों और पात्रों के नाम भी इस तरह बदले कि कोई उसका नज़दीकी रिश्तेदार भी पहचान न सके ।

एक कहानी एक विदेशी औरत पर भी लिखी थी । उसमें कहानी का अंत बदलना पड़ा था । कहानी में उसकी मृत्यु हो जाती है, पर वर्षों बाद मैं उसके देश गई, तो वह कसकर गले लगकर मिली । उसके पहले शब्द थे, 'देखो, मैं अभी भी ज़िन्दा हूँ । कहानी की मृत्यु में से गुज़रकर भी ज़िन्दा हूँ ।' और उस दिन हम दोनों ने साथ-साथ तस्वीरें खिंचवाईं । उसने अपने देश में मेरे लिए कई सौग़ातें ख़रीदीं ।

सच में, मेरे पात्र और उनका मेरे लिए प्यार, मेरी असली अमीरी है । मैं नहीं जानती कि जो लेखक अपने पात्रों के दिलों को दुखाकर कहानियाँ गढ़ते हैं, उन्हें ज़िन्दगी में क्या हासिल होता है ?

उपन्यास 'जेबकतरे' जब लिख रही थी, तो उसमें जेल में पड़ा हुआ एक पात्र तनवीर एक कविता लिखकर किसी प्रकार जेल के बाहर भिजवाता है, और कविता के नीचे अपने नाम के स्थान पर क़ैदी नम्बर लिखता है—6899 ।

मैंने यह नम्बर अचेतन रूप से लिखा, तो याद आया कि यह गोर्की का नम्बर था, जब वह क़ैद में था, जो मैंने मास्को में उसके स्मारक को देखते समय कभी अपनी डायरी में नोट कर लिया था । फिर आगे उपन्यास की कहानी में मैंने उसे चेतन तौर पर बरत लिया…

हाँ, इस प्रकार कभी यह मालूम नहीं होता कि चेतन और अचेतन रचनाएँ कब और कहाँ रिल-मिल जाती हैं ।

उपन्यास 'जेबकतरे' मैंने अपने युवा होते हुए पुत्र के जीवन के आधार पर लिखा था । इससे पहले एक कहानी लिखी थी 'कहानी दर कहानी', जिसकी घटना यह थी कि एक बार छुट्टियों में होस्टल से घर आए हुए मेरे बेटे ने अपनी एक बंगालिन दोस्त को पत्र लिखा, बड़े एहसास के साथ कि इस समय मेरे कमरे में बिथोविन का संगीत चल रहा है और मैं तुम्हें पत्र लिख रहा हूँ, पर तुम्हें पत्र लिखना ऐसा है, जैसे कोई अपने ही घर का दरवाज़ा खटखटा रहा हो—उत्तर में उस लड़की का जो पत्र आया वह बहुत साधारण था । शाम का गहरा अँधेरा था, जिस समय वह एक काग़ज़ लिए मेरे कमरे में आया । मैं उस समय तक न उस पत्र के बारे में जानती थी, जो उसने लिखा था और न उसके बारे में जो उत्तर में आया था । उसने कहा, 'मामा, मैंने एक लड़की को एक ख़त लिखा था, पर उसकी समझ में ही नहीं आया । वह आपको सुनाऊँ ?' और उसने मुझे वह ख़त सुनाया । ख़त की रफ़ कॉपी उसके पास थी । फिर कहने लगा, 'जवाब में जो ख़त आया

है, वह ऐसा है, जैसे मौसम का हाल लिखा हो।'

मैंने पूछा, 'अब उसे और ख़त लिखना चाहोगे ?'

तो वह कहने लगा, 'नहीं, उसका ख़त इतना साधारण है, पढ़कर लगता है, जैसे मैं मुख्य दरवाज़े से अंदर गया और पीछे के दरवाज़े से बाहर आ गया।'

और मैंने कुछ दिनों बाद इसी छोटी-सी बात के आधार पर एक कहानी लिखी थी, पर अब जब उपन्यास लिखा, तो उसका क्षेत्र बहुत बड़ा था, उसमें यूनीवर्सिटी के होस्टल का जो वातावरण है, वहाँ मेरे अपने लड़के के दोस्त हैं, जवान हो रहे स्वप्नों से चौंकते हुए, भूख, भय और समय से फ़्लर्ट करते हुए, जीवन को अपने-अपने कोण से देखते हुए, और अपनी-अपनी अनुभूति की पीड़ा को झेलते हुए···

बुनियादी घटनाएँ मेरे पुत्र के और उसके मित्रों के जीवन की हैं, पर वह अपने से आगे की पीढ़ी को समझाने का यत्न था। इसमें मैंने अपने आपको चाहे एक दर्शक के समान रखा था, फिर भी अचेतन तौर पर इसके अनेक विचारों में समा जाना स्वाभाविक था। जब मैंने इसे लिखकर अपने बेटे को पढ़ने के लिए दिया, तो चाहे उससे भी पहले उसके मित्रों ने इसे पढ़ा, वे अपना चेहरा पहचानते रहे और मुझे कम्पलीमेंट देते रहे, पर जब मेरे लड़के ने पढ़ा, कई स्थानों पर बहुत कुशलतापूर्वक लिखने पर कम्पलीमेंट भी दिया, पर कहा, 'अगर यह उपन्यास मैं लिखता, तो कुछ और ही तरह लिखता।' यह ठीक है, आख़िर मेरे लिए यह एक पूरी पीढ़ी के फ़ासले को लाँघने का यत्न था, पर फ़ासले को लाँघने वाले पैर अपने थे, पहली सीढ़ी के, इसलिए मेरे समय के आदर्शवाद' का उसके घुल जाना स्वाभाविक था···

इस उपन्यास में जिन सविता और रवि का विवाह मैंने विस्तार सहित लिखा है, वह उपन्यास छपने के कई वर्ष बाद मेरे पुत्र से मिलने आए, मुझसे भी मिले। वे किताब में छपे हुए अपने विवाह के वर्णन को पढ़कर हँसते रहे और मैं अपने पात्रों को देखती रही। अब उनके एक प्यारा-सा बच्चा भी था, उनके घबराकर किए हुए विवाह की परिपुष्टि···

ख़ैर, अपने पात्रों को इस प्रकार देखना, जो एक प्यारा अनुभव है, वह एक अलग बात है। मैं उपन्यास के लेखन-काल की बात कर रही थी। इसका विचार उस पत्र से बँधा था, जो मेरे पुत्र ने मुझे होस्टल से लिखा था। उपन्यास में यह पत्र पाँचवें परिच्छेद के आरंभ में है। जिसमें उपन्यास का मुख्य पात्र कपिल पत्र को समाचार-पत्र का रूप देता है, उसका नाम 'द टाइम्स ऑफ़ कपिल' रखता है, और समाचार-पत्र के जारी होने की वह तारीख लिखता है, जो उसके अपने जन्म की तारीख है, और इस समाचार-पत्र की बिक्री सबसे अधिक जिस शहर में होती है, वहाँ अपनी माँ का एड्रेस लिखता है। फिर

समाचार-पत्र के छः कॉलम बनाता है, जिनमें ख़बरों की शक्ल में माँ को पत्र लिखता है···

मेरे लड़के का नाम नवराज है, पर उसे प्यार से शैली कहते हैं। मेरे पास उसका वह पत्र 'द टाइम्स ऑफ़ शैली' अभी तक रखा हुआ है···

वह होस्टल से जब भी छुट्टियों में घर आता था, होस्टल की बहुत-सी बातें विस्तार से सुनाया करता था। उस पत्र के बाद जब वह आया, तो मैंने उपन्यास शुरू करने से पहले उसे पास बैठाकर नोट्स लेने शुरू किए···

फिर जब उपन्यास शुरू किया, तो एक बार उसने कहा, 'मामा, आपने अपनी ज़िन्दगी को नया मोड़ दिया, पर क्या आप जानती हैं, हम दोनों बच्चों ने इसके लिए कितना मैन्टली सफ़र किया है ?'

घर टूटता है, तो मासूम बच्चे टूटते हुए घर के कंकरों को किस तरह अपने शरीर पर झेलते हैं, इसकी पीड़ा मेरे मन में थी। कहा, 'जैसे ग़रीब माँ के घर जन्मे बच्चे को माँ की ग़रीबी भुगतनी पड़ती है, उसी तरह मन की पीड़ा में से गुज़रती हुई माँ के घर जन्मे बच्चों को उसकी पीड़ा भी भुगतनी पड़ती है, माँ के नैन-नक़्शों की तरह···'

जानती हूँ, इस पीड़ा को मेरे बच्चों ने भुगता है, पर मेरी लड़की ने सारे समय की लम्बाई में कभी भी मेरे साथ हमदर्दी नहीं खोई, पर पुत्र ने कुछ समय के लिए ज़रूर खो दी थी, बचपन से लेकर जवान होने तक के समय में। यह शायद एक के लड़का और एक के लड़की होने का अंतर था। आज भी मेरी नन्ही-सी, अनजान-सी बेटी के वे बोल मेरे कानों में हैं, जब नवराज की किसी समय की बेरुख़ी से मैं उदास हो जाती थी, तो कंदला कहा करती थी, 'मामा, आप बहुत सोचा न करें, शैली बड़ा हो जाएगा, तो अपने आप ठीक हो जाएगा।'

ख़ैर, उस दिन मेरे बेटे ने कहा, 'मामा, इस उपन्यास में आप उस बच्चे की परेशानी लिख सकती हैं, जो माँ-बाप का घर टूटने पर वह भुगतता है ?'

'हाँ, मैंने कहा, और उपन्यास के अंतिम भाग में कपिल के 'मिड नाइट विज़न' की शक्ल में उस परेशानी को लिखने की कोशिश की···

ककनूसी नस्ल

इतिहास बताता है फ़ीनिक्स (ककनूस) से अपने आपको पहचानने वाली नस्ल ने अपना नाम फ़ीनिशियन रखा था। ककनूस बार-बार अपनी राख में से जन्म लेता है। मनुष्यों

की जिस नस्ल ने हर विनाश में से गुज़र सकने की अपनी शक्ति को पहचाना, अपना नाम जल मरने वाले और अपनी राख में से फिर पैदा हो उठने वाले ककनूस से जोड़ लिया ।

यह फ़ीनिक्स सूरज की पूजा से संबंधित है, सूरज जो रोज़ डूबता है और रोज़ चढ़ता है, और ये फ़ीनिशियंस, जिनका उद्‌गम-स्थान आज तक इतिहास को ज्ञात नहीं, यद्यपि इनके संबंध समर और हिन्दुस्तान से पाए जाते हैं, सदा सूरज की पूजा करते थे ! 'ओन' सूरज का एक नाम था, इसीलिए फ़ीनिशियंस ने जब यूरोप में नई धरती की खोज की, उसका नाम ऐल-ओन-डोन (सूरज का शहर) रखा, जो आज लंदन है ।

इज़राइल के जब बारहों क़बीले बिखर गए थे, प्रतीत होता है कि उनमें से भी कुछ लोग फ़ीनिशियंस से जा मिले थे, क्योंकि शब्द 'इंग्लैंड' की जड़ें हिब्रू भाषा में हैं । जोज़फ़ क़बीले का चिह्न बैल होता था । बैल के लिए हिब्रू भाषा में 'ऐंगल' शब्द है । नई खोजी हुई धरती को उन लोगों ने ऐंगल-लैंड का नाम दिया, जो आज इंग्लैंड है ।

मेरा ख़यालों का इतिहास से केवल इतना संबंध है कि उस नस्ल का फ़ीनिक्स से अपना संबंध जोड़ना मुझे बड़ा अपना-सा और पहचाना हुआ लगता है । फ़ीनिशियन नस्ल को मैं अपनी भाषा में ककनूसी नस्ल कह सकती हूँ । दुनिया के सब सच्चे लेखक मुझे ककनूसी नस्ल के प्रतीत होते हैं, रचनात्मक क्रिया की आग में जलते और फिर अपनी राख में से रचना के रूप में जन्म लेते हुए ।

बहुत वर्ष हुए 'सूरज और जाड़ा' शीर्षक लेख में मैंने लिखा था—'सूरज के डूबने से मेरा कुछ रोज़ डूब जाता है, और उसके फिर आकाश पर चढ़ने के साथ ही मेरा कुछ रोज़ आकाश पर चढ़ जाता है । रात मेरे लिए सदा अँधेरे की एक चिनाब-सी रही है, जिसे रोज़ इसलिए तैर कर पार करना होता है कि उसके दूसरे पार सूरज है' और लिखा था, 'यह सब कुछ चेतन तौर पर नहीं हुआ । कब हुआ ? क्यों हुआ ? पता नहीं । मैंने सिर्फ़ इसे चेतन तौर पर समझने का प्रयत्न किया है । याद है, बहुत छोटी थी, जब सूरज के डूबने के समय अचानक रोने लगती थी । माँ कभी प्यार करती, कभी झिड़क देती, और कभी मुझे थपककर सुलाते हुए कहती, 'बस, आँखें मीचीं, सूरज आया ।' उससे रोज़ मेरा प्रश्न होता था, 'पर सूरज डूबा क्यों ?'

सूरज का ज़िक्र बार-बार मेरी कविताओं में आता रहा । केवल 1973 में मैंने चेतन तौर पर पुरानी रचनाएँ खोजीं, देखा कि यह ज़िक्र कैसे-कैसे आता रहा—

1947 में देश के विभाजन के समय ज़बर्दस्ती उठाकर ले जाई गई औरतों की कोख से जन्मे 'मजबूर' बच्चे की ज़बानी एक कविता लिखी थी । मेरा ख़याल है सूरज का पहला और सशक्त वर्णन उसमें आया था—

धिक्कार हूँ मैं वह जो इन्सान पर पड़ रही
पैदाइश हूँ उस वक़्त की, जब टूट रहे थे तारे
जब बुझ गया था सूरज…

उसी वर्ष देश की स्वतंत्रता के साथ बहुत-से सपने जोड़कर एक कविता लिखी थी—'मैं हिन्द का इतिहास हूँ' और आज़ादी के लिए कहा था—

चन्द्रमा जो अम्बर से झुका है इसे प्रणाम करने को,
और सूरज जो नत हुआ है इसे सलाम करने को ।

निजी मुहब्बत की भरपूर तीक्ष्णता मैंने 1953 में देखी थी । उस समय की कविताओं में सूरज का वर्णन इस प्रकार हुआ है—

चन्द्रमा से भी श्वेत शरीर पृथ्वी का
सब किरणें सूरज में से किरमची रंग ढोकर लाईं
हमने सूरज को घोलकर धरती का रंग लिया
पूरब ने कुछ पाया है कौन से अम्बर को टटोलकर
जैसे हाथ में दूध का कटोरा, उसमें केसर घोल दिया है
सूरज ने आज मेहँदी घोली—
हथेलियों पर आज दोनों तक़दीरें रँग गईं ।

इस सूरज को, केसर वाले दूध के कटोरे के रूप में, और इसकी लाली को मेहँदी के रूप में, मैंने केवल तब ही देखा था । फिर इसका वर्णन उदास होता गया—

पच्छिम में लहर उठी, सूरज की नाव डोल गई
गठरी पोटली उठाए अब साँझ हमारी ओर आ रही है ।

बरसों तक सूरज जलाए, बरसों तक चाँद जलाए,
आकाशों से जाकर चाँदी-रंग के तारे माँग लाई
किसी ने आकर दीया न जलाया

घोर कालख प्राणों से लिपटी रही,
जैसे बरसों की बाती से रोशनी बिछुड़ी रही

पूरब से आँधी उठी, अम्बर पर छा गई
और चढ़ते सूरज को कैसे उसने धुन दिया
सूरज के सरकंडे-सा, काले कोसों चलते हुए,
धूप न जाने कहाँ गई
सूरज सरकंडे-सा पड़ा है, किरनें मूँज जैसी

पूरब ने चूल्हा जलाया, पवन फूँकें मार रही,
किरनें ऊँची हुईं, जैसे आग की लपटें !

सूरज ने हाँडी चढ़ाई, धूप आटा गूँधने लगी
खेतों की हरियाली, जैसे बिछावन बिछाया हो
आज तो आ जा, ओ परदेसी ! कल की कौन जाने···

सूरज की पीठ की
फागुन न उठते हुए सब गठरी पोटली बाँध ली
ये भी तीन सौ पैंसठ दिन यूँ ही चले गए

हमारी आग हमें मुबारक, सूरज हमारे द्वारे आया
और उसने आज एक कोयला माँगकर अपनी आग सुलगाई
दिलों के नाज़ुक पोरों में
किरनों ने सूइयाँ चुभाईं, जो आर-पार हो गईं—

यह यादों का दावानल !
लाख पल्ले को बचाया, पर किनारा छू गया

आज चाँद-सूरज प्राणों का वाणिज्य करते हैं
और उजाले से भरे झाबे दोनों उलटते हैं

फिर हमें क्यों तेरी दहलीज़ याद आ गई
आज लाखों ख़याल सीढ़ियाँ चढ़ते-उतरते हैं

उम्र के द्वार मत भेड़ो, चलना अभी बहुत बाक़ी है
अभी सूरज का उबटन धरती अंगों पर मल रही है

नींद के होंठों से जैसे सपने की महक आती है
पहली किरन रात के माथे पर तिलक लगाती है

हसरत के धागे जोड़कर शालू-सा हम बुनते रहे
विरह की हिचकी में भी हम शहनाई को सुनते रहे

रात की भट्ठी को किसने जलाया
सूरज की देग़ कैसे खौलती है
बात है दुनिया की, ऐ दुनिया वालो !
इश्क़ को फिर देग़ में बैठना है

सूरज का पेड़ खड़ा था, किरनों को किसी ने तोड़ लिया,
और चाँद का गोटा अम्बर से उधेड़ दिया,

सूरज का घोड़ा हिनहिनाया, रोशनी की काठी गिर गई
उम्रों के फ़ासले तय करता हुआ धरती का पथिक रो उठा

अम्बर के आले में सूरज जलाकर रख दूँ
पर मन की ऊँची ममटी पर दीया कैसे रखूँ

आँखों पर धुन्ध का ग़िलाफ़ लिए, किसकी पग-धूलि चूमने,
सूरज की परिक्रमा करती, ठहर गई धरती

नज़र के आसमान से है चल दिया सूरज कहीं
पर चाँद में अभी भी उसकी खुशबू है आ रही

सूरज ने कुछ घबराकर आज
रोशनी की एक खिड़की खोली
बादल की एक खिड़की बंद की
और अँधेरे की सीढ़ियाँ उतर गया

अम्बर एक आशिक़, निढाल-सा बैठा, धुन्ध का हुक़्क़ा पी रहा
और सूरज के कोयले से रेखाएँ खींचता, किसी की राह देख रहा

आज पूरब की खटिया ख़ाली है, सुबह बैठने को नहीं आई
बावरा अंबर उसे धरती की खाई में है खोज रहा

मुँह में निवाला नहीं, निवाले की बातें रह गईं
आसमां पर रातें काली चीलों की तरह उड़ रहीं

सूरज एक नाव है, जो पच्छिम की लहर से डूब गई···सूरज रुई का एक गाला है, जिसे गहरी आँधी ने धुन दिया···सूरज एक हरा जंगल है, जो सूखकर सरकंडा बन गया है··· सूरज दिल की आग से ख़ाली है, इसने मेरे दिल की आग से कोयला माँगकर अपनी आग सुलगाई थी···सूरज सूइयों की एक पोटली है, जो मेरे पोरों के आर-पार हो गई है···सूरज एक खौलती हुई देग़ है, जिसमें आज मेरे इश्क़ को बैठना है···सूरज एक पेड़ है, जिस पर से किसी ने किरनें तोड़ ली हैं···सूरज एक घोड़ा है, जिसके ऊपर से उजाले की काठी उतर गई है···सूरज एक दीया है, जिसे अम्बर के आले में रखकर जलाया जा सकता है···सूरज मेरे दिल की तरह है, जो घबराकर अँधेरे की सीढ़ियाँ उतर जाता है···सूरज एक बुझा हुआ कोयला है, जिससे अम्बर लकीरें खींचकर किसी की राह देखता है···सूरज एक उम्मीद है, जिसके बिना रातें काली चीलों की तरह आसमान में उड़ रही हैं···

सूरज के ये अनेक रूप देख रही हूँ—और इनमें चेतना का रूप भी है—

दिन के आँगन में रात उतर आई, इस दाग़ को कैसे सुलाऊँ
दिल की छत पर सूरज चढ़ आया, इस दाग़ को कैसे छिपाऊँ

अभी भोर हुई है
छाती को चीर कर छाती में सूरज की किरन पड़ी है

ज़िन्दगी जो सूरज से शुरू होती है, सब ग्रह पार कर अंत में फिर सूरज की ओर लौटती है। यह क्रिया भी अचेतन तौर पर लिखी गई थी। आज उसे चेतन तौर पर देख रही हूँ···

दिल के पानी में लहर उठी, लहर के पैरों से सफ़र बँधा हुआ,
आज किरनें हमें बुलाने आईं, चलो, अब सूरज के घर चलना है···

निजी मुहब्बत की कविताओं के अतिरिक्त, सूरज और कविताओं में भी बलात आता रहा, जैसे मैंने हो ची मिन्ह से हुई अपनी मुलाक़ात पर कविता लिखी थी—

वियतनाम की धरती से पवन भी आज पूछ रही है
इतिहास के गालों पर से आँसू किसने पोंछा !
धरती को आज गई रात एक हरियाला सपना आया
अम्बर के खेतों में जाकर सूरज किसने बोया !

और जंग की भयानक आवाज़ों से मुक्त हुई धरती की आकांक्षा में जो कविताएँ लिखीं—

धरती ने आज पुछवाया है
भविष्य की लोरी कौन लिखेगा
कहते हैं, एक आशा किरनों की कोख में आई है

पूरब ने एक पालना बिछाया, जद्दी पुश्तैनी एक पालना,
सुना है, सूरज रात की कोख में है…
अर्ज़ करे धरती की दाई
रात कभी भी बाँझ न हो, पीड़ा कभी भी बाँझ न हो…

ये सारी कविताएँ वे हैं, जो 1947 और 1959 के बीच के वर्षों में लिखी थीं। इसके बाद के तेरह वर्ष और हैं। देख रही हूँ, इनमें भी सूरज का उल्लेख है—

मुझे वह समय याद है
जब एक टुकड़ा धूप का, सूरज की उँगली पकड़कर
अँधेरे का मेला देखता, भीड़ों में खो गया…

गलियों की कीचड़ पार कर अगर तू आज कहीं आए
मैं तेरे पैर धो दूँ
तेरी सूरजी आकृति
मैं कंबल का किनारा उठाकर हड्डियों की ठिठुरन दूर कर लूँ
एक कटोरी धूप की मैं एक घूँट में पी लूँ
और एक टुकड़ा धूप का मैं अपनी कोख में रख लूँ
मैं कोठरी दर कोठरी रोज़ सूरज को जन्म देती
मैं रोज़ सूरज को जन्म देती और रोज़ सूरज यतीम होता…

इस नगर में भी सपने आते हैं
कितना विचारों के द्वार बंद करो, फिर भी भीतर आ जाते हैं
कहीं संगमरमर की घाटी है, उसकी बात कह जाते हैं
और सारा नगर उनके कहने से, नींद में चल देता है
फिर रास्ते में उसे सूरज की एक ठोकर लग जाती है

डेढ़ घंटे की मुलाक़ात—
जैसे बादल का एक टुकड़ा आज सूरज के साथ टँका हो
उधेड़ चुकी हूँ, पर कुछ नहीं बनता, और लगता है

कि सूरज के लाल कुर्ते में यह बादल किसी ने बुन दिया है
सूरज को सारे ख़ून माफ़ हैं
दुनिया के हर इन्सान का वह
रोज़ 'एक दिन' क़त्ल करता है···

अँधेरे के समुद्र में मैंने जाल डाला था
कुछ किरनें, कुछ मछलियाँ पकड़ने के लिए
कि जाल में पूरे-का-पूरा सूरज आ गया

इस समय की लेनिन और गुरु नानक जैसे व्यक्तियों के संबंध में लिखी कविताओं में भी सूरज का उल्लेख है—

तू मेरे इतिहास का कैसा पात्र है ?
मेरी दीवार के कैलेंडर से निकलकर
तू रोज़ उसकी तारीख़ बदलता है
और मुझे एक नए दिन की तरह मिलता है।
कैलेंडर से बाहर आकर
तू सड़कों पर निकलकर चलता है
तो एक धूप निकल आती है
कच्चे गर्भ के दिन हैं, मेरा जी नहीं ठहरता
दूध बिलोने बैठी, लगा मक्खन आ गया है
मैंने हाँडी में हाथ डाला, तो सूरज का पेड़ा निकल आया

गुरु नानक की पत्नी सुलखनी की ओर से जो कविता लिखी, वह सारी-की-सारी सूरज से भरी हुई है—

मैं एक छाया थी—एक छाया हूँ
मैंने सूरज की यात्रा के साथ यात्रा की है
सूरज की धूप पी है
और धूप की एक नदी में नहाई हूँ
आज सूरज-परीक्षा का समय था
यह सूरज-परीक्षा का अन्त नहीं था
छाया की इस कोख को एक हुक्म था

कि अपने अँधेरे में से उसे किरनों को जन्म देना है
किरनों की जन्म-पीड़ा सहनी है
और छाया की छाती में से
किरनों को दूध पिलाना है
और जब सूरज चतुर्दिक घूमेगा
बहुत दूर जाएगा
तो छाया ने पीछे रहकर
उन बिलखती हुई किरनों को बहलाना है…

सूरज की मैंने अनेक रूपों में कल्पना की है, वहाँ उसके साथ भोग तक की भी कल्पना की—

एक कटोरी धूप को मैं एक घूँट में ही पी लूँ
और एक टुकड़ा धूप का मैं अपनी कोख में रख लूँ…

और सूरज से धारण किए गर्भ में से सूरज के पैदा होने तक यह ज़िक्र पहुँचा…कोठरी दर कोठरी मैं रोज़ सूरज को जन्म देती…

पूजा के रूप में मैंने कभी सूरज की पूजा नहीं की, पर यह उसके लिए कैसी तड़प है कि उसके अस्तित्व को अपनी कोख के अँधेरे तक भी ले गई हूँ…

और इसी विचार को सुलखनी के विचार में भी डाल दिया…

ऐसा लगता है कि मुझ जैसे कुछ लोग, चाहे किसी भी देश में हों, या किसी भी शताब्दी में, ककनूसी नस्ल के ही होते हैं।

कहते हैं, ककनूस पक्षी चील की लम्बाई-चौड़ाई का होता है। इसके पंख चमकीले, किरमिची और सुनहरे होते हैं। इसके स्वर में सीगत होता है, और यह सदा एक ही, अकेला होता है। इसकी आयु कम-से-कम पाँच सौ वर्ष होती है। कुछ इतिहासकार इसकी आयु एक हज़ार चार सौ इकसठ वर्ष मानते हैं। इसकी आयु का अनुमान सत्तानबे हज़ार दो सौ वर्ष भी है। इसकी आयु की अवधि जब शेष होने लगती है, यह सुगंधित वृक्षों की टहनियाँ इकट्ठी करके एक घोंसला बनाता है, और उसमें बैठकर गाता है, जिससे आग पैदा होती है और यह घोंसले सहित उसमें जल जाता है। इसकी राख में से एक नया ककनूस जन्म लेता है, जो सारी सुगंधित राख को समेटकर सूरज के मंदिर की ओर जाता है, और वह राख सूरज के सामने चढ़ा देता है।

कुछ इतिहासकार इसकी मृत्यु का वर्णन इस प्रकार करते हैं कि जब इसे जीवन के

अंतिम समय के आने का आभास हो जाता है, यह स्वयं उड़कर सूरज के मंदिर में पहुँच जाता है, और पूजा की आग में बैठ जाता है। यह जब आग में बिल्कुल राख हो जाता है, तो इसकी राख में से नया ककनूस जन्म लेता है।

मिस्र के पुरातन इतिहास के पक्षी का घर उधर बताया जाता है, जिधर सूरज उदय होता है। इसलिए इतिहासकार इस पक्षी का मूल स्थान अरब या हिन्दुस्तान मानते हैं, हिन्दुस्तान अधिक, क्योंकि सुगंधित वृक्षों की टहनियाँ हिन्दुस्तान की भूमि के साथ जुड़ती हैं।

लैटिन के एक कवि ने ककनूस को रोमन-राज्य से संबंधित किया है। कुछ पादरियों ने इसे क्राइस्ट की मृत्यु और उसके पुनर्जीवित होने की वार्ता से संबंधित किया है, और कुछ लोग इसे क्वाँरी माँ की कोख से जन्मे क्राइस्ट के जन्म से ज़ोड़ते हैं, पर मैं इसे हर सच्चे लेखक के अस्तित्व से जोड़ना चाहती हूँ, चाहे वह किसी देश का हो, चाहे वह किसी शताब्दी का हो।

एक रात

कई बिल्कुल बेगानी बातें न जाने कैसे बिल्कुल अपनी हो जाती हैं और अपने रक्त-मांस में भीग जाती हैं। एक बार रात को महाभारत पढ़ते-पढ़ते सो गई। सपने में देखा, एक कबूतर उड़ता हुआ आया और उसने मेरी गोद में शरण ली। देखा, उसके पीछे उड़ता हुआ एक बाज़ भी था, और वह मुझसे उस कबूतर को माँग रहा था। कबूतर अपनी जान की रक्षा की माँग करते हुए कसकर मेरे साथ चिपट गया था कि बाज़ ने कहा, 'अगर कबूतर नहीं देती, तो इसके बदले में अपने बदन का मांस तोलकर दे दे।' मैंने अपने बदन से मांस काटकर उसके बराबर वज़न का तोलना चाहता, पर कबूतर और भारी होता गया, इतना भारी कि मैं सारी-की-सारी उसके बदले में मरने को तैयार हो गई⋯एक हँसी कानों में गूँज गई और इसके साथ ही सारे शरीर में महसूस हुआ कि यह कबूतर मेरी लेखनी का प्रतीक है, और एक विरोध इसे जान से मार देने के लिए इसके पीछे पड़ा हुआ है।

मैंने कबूतर को और भी ज़ोर से अपने शरीर से चिपटा लिया कि इतने में मेरी आँखें खुल गईं। सामने महाभारत का वह पन्ना खुला हुआ था, जिसके बारहवें अध्याय में अग्नि-देवता कबूतर का वेश बदलकर राजा उशीनर से शरण माँगने आता है, और उशीनर उसकी जगह अपने शरीर का मांस देने के लिए तैयार हो जाता है, पर उसके पीछे

पड़े हुए बाज़ को वह कबूतर नहीं देता···

इस घटना से मैंने अपने मन की शिद्दत को केवल पहचाना ही नहीं, एक रात जैसे आँखों से देख लिया···

एक दिन

वह भी एक दिन था, जब मैंने अपनी बात विस्तार से लिखने की जगह सोचा था, कभी जब मैं अपनी आत्मकथा लिखूँगी, केवल दस पंक्तियाँ लिखूँगी और वे पंक्तियाँ मैंने काग़ज़ पर लिखकर रख ली थीं। वे पंक्तियाँ आज भी मेरे सामने हैं, और आज भी वे उतनी ही सच हैं, जितनी उस दिन लिखते समय थीं। वे पंक्तियाँ हैं—

मेरी सारी रचनाएँ, क्या कविता और क्या कहानी और क्या उपन्यास, मैं जानती हूँ, एक नाजायज़ बच्चे की तरह हैं।

मेरी दुनिया की हक़ीक़त ने मेरे मन के सपने से इश्क़ किया और उनके वर्जित मेल से यह सब रचनाएँ पैदा हुईं।

जानती हूँ, एक नाजायज़ बच्चे की क़िस्मत, इसकी क़िस्मत है और इसे सारी उम्र अपने साहित्यिक समाज के माथे के बल भुगतने हैं।

मन का सपना क्या था, इसकी व्याख्या में जाने की आवश्यकता नहीं है। वह कमबख़्त बहुत हसीन होगा, निजी ज़िन्दगी से लेकर कुल आलम की बेहतरी तक की बातें करता होगा, तब भी हक़ीक़त अपनी औक़ात को भूलकर उससे इश्क़ कर बैठी, और जो रचना पैदा हुई, हमेशा कुछ काग़ज़ों में लावारिस भटकती रही···'

और आज भी मेरा यक़ीन है, ये दस पंक्तियाँ मेरी पूरी और लम्बी आत्मकथा हैं···

एक कविता

'चक नं० छत्तीस' उपन्यास मैंने 1963 में लिखा था, 1964 में छपा तो अफ़वाह फैल गई कि पंजाब सरकार इसे 'बैन' कर रही है, पर हुआ कुछ नहीं। यह 1965 में हिन्दी में भी छपा, और 1966 में उर्दू में भी।

इस उपन्यास को फ़िल्म के लिए सोचा, तो रेवतीसरन शर्मा ने कहा, 'नहीं, यह

उपन्यास समय से एक शताब्दी पहले का लिखा गया है, हिन्दुस्तान अभी इसे समझ नहीं सकता ।'—और बासु भट्टाचार्य के शब्द थे, 'इस उपन्यास पर जब फ़िल्म बनेगी, वह हिन्दुस्तान में पहली एडल्ट फ़िल्म होगी ।' और इस उपन्यास का, जब मेरी दोस्त कृष्णा ने 1974 में अंग्रेज़ी में अनुवाद किया, तो उसकी रीडिंग के लिए मैंने जब इसे दोबारा पढ़ा, इसकी पात्र अलका मुझ पर इस तरह छा गई, जिस तरह शायद उपन्यास लिखते समय भी नहीं छायी थी···

इसका पात्र 'कुमार' जब 'अलका' को बताता है कि वह शरीर की भूख मिटाने के लिए कुछ दिन एक ऐसी औरत के पास जाता रहा था, जो रोज़ के 20 रुपये लेती थी, और जब अलका कहती है, 'सोच रही हूँ कि वह औरत भी मैं होती, जिसके पास आप रोज़ बीस रुपए देकर जाते थे···' तो बहुत पुराना इस उपन्यास का स्रोत याद आया—एक बार इमरोज़ ने कहा था कि जिस्म की भूख के हाथों पीड़ित होकर मैंने एक बाज़ार की किसी औरत के पास जाना चाहा था, तो सहज मन मेरे मुँह से निकला था, 'अगर तुम ऐसी औरत के पास जाते, तो मेरा जी करता है, वह औरत भी मैं ही होती···'

पहचान आई—ये शब्द जो अलका ने कहे, यह केवल अमृता ही कह सकती थी, और कोई औरत नहीं···अस्वाभाविक हालत की स्वाभाविकता शायद और किसी औरत के लिए संभव नहीं हो सकती, अलका सिर्फ़ अमृता···

भले ही कहानी के हर पात्र के साथ लेखक का गहरा साझा होता है, पर एक दूरी हर साझे का हिस्सा होती है । अलका को पढ़ते हुए लगा, वह दूरी कहीं नहीं है···उस रात (7 दिसंबर, 1964 की रात) मैंने अलका को संबोधित करके एक कविता लिखी, 'पहचान'—

कई हज़ार चाबियाँ मेरे पास थीं
और एक-एक चाबी एक-एक दरवाज़े को खोल देती थी
दरवाज़े के अंदर किसी की बैठक भी होती थी
और मोटे पर्दे में लिपटा किसी का सोने का कमरा भी
और घरवालों के दुःख
जो उनके ही होते थे, पर किसी समय मेरे भी होते थे
मेरी छाती की पीड़ा की तरह
पीड़ा, जो दिन के समय जागूँ तो, जाग पड़ती थी,
और रात के समय सपनों में उतर जाती थी,
पर फिर भी

पैरों के आगे, रक्षा की रेखा जैसी, एक लक्ष्मण-रेखा होती थी
और जिसकी बदौलत मैं जब चाहती थी
घरवालों के दुःख घरवालों को देकर
उस रेखा से लौट जाती थी
और आते समय लोगों के आँसू लोगों को सौंप आती थी…
देख, जितनी कहानियाँ और उनके पात्र हैं
उतनी ही चाबियाँ मेरे पास थीं
और जिनके पीछे
हज़ारों ही घर, जो मेरे नहीं, पर मेरे भी थे,
शायद वे कहीं अब भी हैं
पर आज एक चाबी का कौतुक
मैंने तेरे घर को खोला तो देखा
वह लक्ष्मण-रेखा मेरे पैरों के आगे नहीं, पीछे है
और सामने, तेरे सोने के कमरे में, तू नहीं, मैं हूँ…

यह मेरी एकमात्र ऐसी कविता है, जो अपने ही रचे पात्र को संबोधित करके मैंने लिखी है।

एक त्योरी

आज भी सामने देख सकती हूँ—एक त्योरी है, मेरे पिता के माथे पर पड़ी हुई नहीं, माथे पर ठहरकर चालीस वर्षों से मुझे देख रही है, मेरी निगहबान, मेरी नज़रसानी कर रही है।

1936 की बात है, जब मेरी पहली किताब छपी थी। महाराजा कपूरथला ने मेरी किताब को एक बुज़ुर्गाना प्यार देते हुए दो सौ रुपये मेरे नाम भेजे थे। और फिर थोड़े दिनों बाद महारानी नाभा ने (वह कभी मेरे पिताजी की शिष्या रही थीं) मुझे एक साड़ी का पार्सल उस किताब की प्रशंसा व्यक्त करते हुए भेजा था। ये दोनों चीज़ें डाक द्वारा आई थीं, और फिर एक दिन, डाकिए ने घर का दरवाज़ा खटखटाया। मेरे बाल-मन ने उसी तरह के एक और मनीआर्डर या पार्सल की आस कर ली, मुँह से निकला, 'आज फिर कोई इनाम आया है।' और मुझे आज तक, अपने शरीर के कम्पन-सहित, उसी तरह वह त्योरी याद

है, जो मेरी ओर देखकर मेरे पिता के माथे पर पड़ गई थी ।

उस दिन इतना नहीं समझा था कि मेरे पिता मुझमें जैसा व्यक्तित्व देखना चाहते थे, मैं अपने उस एक वाक्य से उससे बहुत छोटी हो गई थी । बस, इतना समझा था कि ऐसी आशा या ऐसी कामना ग़लत बात है । यह क्यों ग़लत है, और यह किस जगह से एक लेखक को छोटा कर जाती है, यह बहुत समय बाद जाना ।

और जब जाना, तब मेरे पिता के माथे के स्थान पर मेरा अपना माथा मेरा निगहबान बन गया । उसने मेरे ख़यालों की ऐसी रक्षा की कि फिर कभी मुझे अचेतन तौर पर मेरा ख़याल नहीं आया ।

आज सोचती हूँ—दुनिया से कुछ भी लेने के ख़याल से वह एक त्योरी मुझे कैसे सदा के लिए मुक्त कर गई, स्वतंत्र कर गई, तो उस त्योरी पर प्यार आ जाता है । हो सकता है, उस दिन वह मेरे पिता के पैर न पड़ती, तो मैं कभी उस जैसे विचार से ज़िन्दगी में अपना अपमान कर लेती, पर खुश हूँ, मुझे उस पिता का माथा नसीब हुआ था, जिस पर वह त्योरी पड़ सकती थी ।

एक और रात की बात

यह भी एक रात की बात है । आज से कोई चालीस बरस पहले की एक रात । मेरे विवाह की रात, जब मैं मकान की छत पर जाकर अँधेरे में बहुत रोयी थी । मन में केवल एक ही बात आती थी, अगर मैं किसी तरह मर सकूँ । पिताजी को मेरे मन की दशा ज्ञात थी, इसलिए ढूँढ़ते हुए छत पर आए । मैंने एक ही मिन्नत की, मैं विवाह नहीं करूँगी ।

बरात आ चुकी थी, रात का खाना हो चुका था कि पिताजी को एक संदेशा मिला कि अगर कोई रिश्तेदार पूछे, तो कह देना कि आपने इतने हज़ार रुपया नक़द भी दहेज में दिया है ।

इस विवाह से मेरे पिताजी को गहरा सन्तोष था, मुझे भी, पर इस संदेश को पिताजी ने एक इशारा समझा । उनके पास इतना नक़द रुपया हाथ में नहीं था, इसलिए घबरा गए । मुझसे कहा । बस, उसी के कारण मेरे मन में विचार उठता था, अगर मैं आज रात मर सकूँ ।

कई घंटों की हमारी इस घबराहट को उस रात मेहमान के तौर पर आई हुई मेरी मृत माँ की एक सहेली ने कुछ भाँप लिया, और अकेले में होकर अपने हाथ की सारी सोने

की चूड़ियाँ उतारकर उसने मेरे पिताजी के सामने रख दीं। पिताजी की आँखें भर आईं। पर यह सब कुछ देखना मुझे मरने से भी कठिन लगा···

फिर मालूम हुआ, यह संदेशा किसी प्रकार का इशारा नहीं था, उन्होंने नक़द रुपया नहीं चाहा था, सिर्फ़ कुछ रिश्तेदारों की तसल्ली करने के लिए यह बात फैलाई थी। माँ की सहेली ने वे चूड़ियाँ फिर हाथों में पहन लीं, पर ऐसा प्रतीत होता है, चूड़ियाँ उतारने का वह क्षण दुनिया की अच्छाई का प्रतीक बनकर सदा के लिए कहीं ठहर गया है। विश्वास टूटते हुए देखती हूँ, परंतु निराशा मन के अंत तक नहीं पहुँचती, इधर ही राह में कहीं रुक जाती है, और उसके आगे, मन के अंतिम छोर के निकट, दुनिया की अच्छाई पर विश्वास बचा रह जाता है···

जब बर्फ़ पिघलेगी

बहुत समय हुआ 'ग्रीक पैशन' में एक गड़रिये लड़के की वार्ता पढ़ी, जो क्राइस्ट का नाटक खेलने के लिए क्राइस्ट चुना जाता था, पर इस पात्र की भूमिका अदा करने के लिए वह साधना करते-करते, पात्र के अस्तित्व में विलीन हो जाता था, इतना कि सारे गाँव का विरोध सहन कर भी, उसकी दृष्टि में जो न्याय है, जब वह उसके लिए लड़ता है, तो गाँव वाले उसे सचमुच पत्थर मार-मारकर मार देते हैं। एक ऐसा व्यक्ति, जिसने उसका अंतर्बाह्य पहचान लिया था, उसे एक पहाड़ी पर दफ़न करते समय कहता है, 'आज उसका नाम बर्फ़ के ऊपर लिखा गया है। बर्फ़ पिघलेगी, तो उसका नाम नदी-नालों के पानियों पर लिखा हुआ होगा।'

इसी बात को अगर अपने लिए कहूँ, तो कहना चाहूँगी, 'मेरे पास जो कुछ था, अगर आज बर्फ़ से दब गया है, तो यह बर्फ़ जब पिघलेगी, इसके नदी-नाले वे होंगे, जो एक ईमान से, हाथों में नए क़लम थामेंगे, और उन क़लमों की शिद्दत में, मेरा वह कुछ भी सम्मिलित होगा, जो आज चुप की बर्फ़ के नीचे दबा हुआ है।

यथार्थ से यथार्थ तक

आत्मकथा को प्रायः चमकती-दमकती एकांगी सच्चाई समझा जाता है, आत्मश्लाघा का

कलात्मक माध्यम, पर बुनियादी सच्चाई को लेखक की अपनी आवश्यकता मानकर मैं कहना चाहूँगी, 'यह यथार्थ से यथार्थ तक पहुँचने की प्रक्रिया है ।'

एक कुछ वह होता है, जो बिना यत्न के सामने दिखाई पड़ जाता है और एक केवल ग़ौर से देखने पर दिखाई देता है, और एक ख़यालों की मिट्टी को छान-छानकर मिलता है । यथार्थ वह भी होता है, वह भी, और वह भी ।

हर कला, निर्माण में से प्रति-निर्माण का नाम है । यह यथार्थ का प्रति-निर्माण भी यथार्थ है, सच्चाई की कोख में पड़कर फिर उस कोख में से निकली हुई सच्चाई । यथार्थ का प्रति-निर्माण यथार्थ से यथार्थ तक पहुँचने की प्रक्रिया है ।

उपन्यास-कहानी का पाठक पात्रों के चेहरों की कल्पना करता है, उनके दिलों की हलचल से उनके नैन-नक़्श की कल्पना करता है, पर किसी की आत्मकथा का पाठक अपना सारा ध्यान एक ही जाने हुए चेहरे पर केंद्रित करता है । इसमें लेखक और पाठक परस्पर सम्मुख होते हैं । यह लेखक का अपने घर में पाठक को निजी बुलावा होता है, संकोच की ड्योढ़ी के भीतर की ओर, और यह केवल तब संभव होता है, जब लेखक का साहस उसके किसी सच की अपेक्षा कम न हो । इसमें कोई झूठ, मेहमान का नहीं, मेज़बान का अपना अपमान होता है ।

लेखक दो तरह के होते हैं—एक जो लेखक होते हैं, और दूसरे, जो लेखक दिखना चाहते हैं । जो हैं, दिखने का यत्न उनकी आवश्यकता नहीं होता, वह है, और उनके अपने अस्तित्व की सच्चाई, सच्चाई से कुछ भी कम स्वीकार नहीं कर सकती ।

केवल इस पार के किनारे का यथार्थ, जैसे कला की नदी को चीरकर, उस पार के किनारे का यथार्थ बनता है, वह प्रक्रिया इस आत्मकथा में भी है । यह रचना की अपनी प्रक्रिया है ।

मैं इसे 'यथार्थ से यथार्थ तक' कहना चाहूँगी ।

जब इंदिरा गांधी पर बासु भट्टाचार्य फ़िल्म बना रहे थे, मैं फ़िल्म की रचनात्मक क्रिया लिखती रही । इंदिराजी की शूटिंग के समय साथ-साथ रहती थी । उनसे देश की हालत के बारे में जो बातचीत होती, वह तो लिखती, पर साथ ही शॉट कैसे और क्या सोचकर लिए जाते हैं, इंदिराजी के व्यक्तित्व के कई पहलू आम साधारण बातों में से कैसे उभरते हैं, या कुछ वे बातें, जो फ़िल्म का हिस्सा नहीं बनतीं पर उनकी अपनी अहमियत है, मिसाल के तौर पर—उनके कमरे की एक दीवार पर नेहरूजी और मोतीलालजी के कुछ चित्र हैं । बासु दा ने उनके शॉट लेते समय इंदिराजी से कहा, इन तस्वीरों को देखते हुए, जैसे अचानक उन पर कुछ धूल पड़ी दिखाई दे और आप अपनी धोती के पल्ले से पोंछ

रही हों । ज़ाहिर है कि बासु दा इस शॉट में इंदिराजी को समय की धूल पोंछते हुए दिखाना चाहते थे, पर इंदिराजी ने निश्चित स्वर में 'नहीं' कह दिया । कहने लगीं, 'डस्टर लेकर पोंछ सकती हूँ, पर अपनी धोती के पल्ले से नहीं । तस्वीर चाहे किसी भी ख़ास व्यक्ति की हो यह सवाल नहीं है, जो अच्छे लगते हैं, वे हर समय ख़यालों में रहते हैं, तस्वीरों में नहीं । धोती के पल्ले से पोंछूँ, तो मुझे धोती बदलनी पड़ेगी । मुझे धूल से प्यार नहीं है····'

ठीक है, जो उनके भीतर में नहीं है, वह किसी शॉट में नहीं आना चाहिए । उन्होंने डस्टर से तस्वीरें पोंछीं और बासु दा ने शॉट ले लिया, पर यह उनका दृष्टिकोण फ़िल्म में नहीं आएगा, और बहुत कुछ जो फ़िल्म में नहीं आ सकता, उसे समझने और जानने में मैं इस फ़िल्म का माहौल और इसकी तैयारी के समय का हाल लिखती हूँ ।

इसकी एक शूटिंग के समय मैंने पूछा था, 'इंदिराजी, आप औरत हैं, क्या कभी इस बात को लेकर लोगों ने आपके रास्ते में रुकावट पैदा की है ?' तो उनका जवाब था, 'इसके कुछ एडवान्टेजेज़ भी होते हैं, कुछ डिसएडवान्टेजेज़ भी, पर मैंने कभी इस बात पर ग़ौर नहीं किया । औरत-मर्द के फ़र्क़ में न पड़कर मैंने अपने आपको हमेशा इन्सान सोचा है । शुरू से जानती थी, मैं हर चीज़ के क़ाबिल हूँ । कोई समस्या हो, मर्दों से ज़्यादा अच्छी तरह सुलझा सकती हूँ, सिवाय इसके कि जिस्मानी तौर पर बहुत वज़न नहीं उठा सकती, और हर बात में हर तरह क़ाबिल हूँ । इसलिए मैंने अपने औरत होने को कभी किसी कमी के पहलू से नहीं सोचा । जिन्होंने शुरू में मुझे सिर्फ़ औरत समझा था, मेरी ताक़त को नहीं पहचाना था, वह उनका समझना था, मेरा नहीं··लोग कुछ बातें करते होंगे, बहुत-सी तो मुझ तक पहुँचतीं ही नहीं । जो पहुँचती हैं, उनका मैं कोई महत्त्व नहीं समझती ।'

दृष्टिकोण मेरा भी यही था, पर इंदिराजी के लिए जो मन की सहज अवस्था है, मेरे जैसे साधारण इन्सान के लिए एक उस मंज़िल की तरह थी, जिसका रास्ता बड़ा कठिन हो । ठीक है ।

बहुत पुरानी बात है जब पटेल नगर के मकान में अभी बिजली नहीं लगी थी, और मैं दिल्ली रेडियो में नौकरी करती थी । पड़ोसी के घर में एक रेडियो था, जो बैटरी से चलता था, और मेरे दोनों छोटे-छोटे बच्चे वहाँ चले जाते थे, शाम को मेरी आवाज़ सुनने के लिए, पर एक दिन मैं रात को जब घर आई, तो मेरा बेटा मुझसे कहने लगा, 'मामा, एक बात मानेंगी ? आप भोलू के रेडियो पर मत बोला करें ।'

मालूम हुआ कि मेरे बेटे से भोलू की लड़ाई हो गई थी, और जिसके घर वह नहीं

जा सकता था, वहाँ मेरी आवाज़ भी नहीं जानी चाहिए थी ।

तब अपने चार बरस के बेटे की इस बात पर हँस दी थी, पर आज यह बात याद आई है, तो हँस नहीं सकती । सोचती हूँ, काश ! मेरी यह किताब भी उनके हाथों में न जाए, जिन्हें इसके एक-एक अक्षर को मिट्टी में लथेड़ना है ।

कोरा काग़ज़

पचीस और छब्बीस अक्तूबर की रात को दो बजे जब फ़ोन आया कि साहिर नहीं रहे, तो पूरे बीस दिन पहले की वह रात, उस रात में मिल गई, जब मैं बल्गारिया में थी, डॉक्टरों ने कहा था कि दिल की तरफ़ से मुझे ख़तरा है, और उस रात मैंने नज़्म लिखी थी, "अज्ज आपणे दिल दरिया दे विच्च मैं आपणे फुल्ल प्रवाहे···" अचानक मैं अपने हाथों की ओर देखने लगी कि इन हाथों से मैंने अपने दिल के दरिया में अपनी हड्डियाँ प्रवाहित की थीं, पर हड्डियाँ बदल कैसे गईं ? यह भुलावा मौत को लग गया कि हाथों को ?

साथ ही वह समय सामने आ गया, जब दिल्ली में पहली बार एशियन राइटर्स कान्फ्रेंस हुई थी, शायरों-अदीबों को उनके नाम के बैज मिले थे, जो सबने अपने कोटों पर लगाए थे, और साहिर ने अपने कोट पर से अपने नाम का बैज उतार कर मेरे कोट पर लगा दिया था, और मेरे कोट पर से मेरे नाम का बैज उतार कर अपने कोट पर लगा लिया था । उस समय किसी की नज़र पड़ी, उसने कहा था कि हमने बैज ग़लत लगा रखे हैं, तो साहिर हँस पड़ा था कि बैज देने वाले से ग़लती हो गई होगी, पर इस 'ग़लती' को हमें न दुरुस्त करना था, न किया ।···अब बरसों बाद जब रात को दो बजे ख़बर सुनी कि साहिर नहीं रहे, तो लगा जैसे मौत ने अपना फ़ैसला उसी बैज को पढ़कर किया है, जो मेरे नाम का था, पर साहिर के कोट पर लगा हुआ था···'

मेरी और साहिर की दोस्ती में कभी भी लफ़्ज़ हायल नहीं हुए थे । यह ख़ामोशी का हसीन रिश्ता था । मैंने जो नज़्में उसके लिए लिखीं, उस मजमूए को जब अकादमी अवार्ड मिला, तो प्रेस रिपोर्टर ने मेरी तस्वीर लेते हुए चाहा कि मैं काग़ज़ पर कुछ लिख रही होऊँ । तस्वीर लेकर जब प्रेस वाले चले गए तो देखा कि उस पर मैंने बार-बार एक ही लफ़्ज़ लिखा था—साहिर··साहिर··साहिर । इस दीवानगी के आलम के बाद घबराहट हुई कि सवेरे जब अख़बार में तस्वीर छपेगी, तस्वीर वाले काग़ज़ पर यह नाम पढ़ा जाएगा, तो कैसी क़यामत आएगी ?··पर क़यामत नहीं आई । तस्वीर छपी, पर वह

काग़ज़ कोरा दिखाई दे रहा था।

यह और बात है कि बाद में यह हसरत आई कि ख़ुदाया ! जो काग़ज़ कोरा दिखाई दे रहा है, वह कोरा नहीं था···

कोरे काग़ज़ की आबरू आज भी उसी तरह है। रसीदी टिकट में मेरे इश्क़ की दास्तान दर्ज है, साहिर ने पढ़ी थी, पर उसके बाद भी किसी मुलाक़ात में न रसीदी टिकट का ज़िक्र मेरी ज़बान पर आया, न साहिर की ज़बान पर।

याद है, एक मुशायरे में लोग साहिर से ऑटोग्राफ़ ले रहे थे। लोग चले गए, मैं अकेली उसके पास रह गई, तो मैंने हँसकर अपनी हथेली उसके आगे कर दी थी, कोरे काग़ज़ की तरह। और उसने मेरी हथेली पर अपना नाम लिखकर कहा था—यह कोरे चेक पर मेरे दस्तख़त हैं, जो रक़म चाहे भर लेना और जब चाहे कैश करवा लेना। वह काग़ज़ चाहे मांस की हथेली थी, पर उसने कोरे काग़ज़ का नसीब पाया था, इसलिए कोई भी हर्फ़ उस पर नहीं लिखे जा सकते थे···

हर्फ़ आज भी मेरे पास कोई नहीं है। रसीदी टिकट में जो कुछ भी है, और आज ये सतरें भी, यह कोरे काग़ज़ की दास्तान है···

इस दास्तान की इब्तदा भी ख़ामोश थी, और सारी उम्र उसकी इन्तहा भी ख़ामोश रही। आज से चालीस बरस पहले जब लाहौर में साहिर मुझसे मिलने आता था, आकर चुपचाप सिगरेट पीता रहता था। राखदानी जब सिगरेटों के टुकड़ों से भर जाती थी, वह चला जाता था, और उसके जाने के बाद मैं अकेली सिगरेट के उन टुकड़ों को जलाकर पीती थी। मेरा और उसके सिगरेट का धुआँ सिर्फ़ हवा में मिलता था, साँस भी हवा में मिलते रहे, और नज़्मों के लफ़्ज़ भी हवा में···

सोच रही हूँ, हवा कोई भी फ़ासला तय कर सकती है, वह आगे भी शहरों का फ़ासला तय किया करती थी, अब इस दुनिया और उस दुनिया का फ़ासला भी ज़रूर तय कर लेगी

2 नवम्बर, 1980

1983

भारतीय ज्ञानपीठ का एवार्ड, जो 1982 में तय हुआ था, वह 1983 के अप्रैल महीने

में दिया गया। वहाँ मेरी तकरीर के कुछ अलफ़ाज़ थे—'जब मैं बहुत छोटी थी, नानी कहा करती थी, अरी, जब तू पैदा हुई, वर्षा ऋतु में, पन्द्रह भादों को, तब देवता सो रहे थे। यह मैं बहुत बाद में जान पाई कि शिशिर, वसन्त और ग्रीष्म ये तीन ऋतुएँ देवताओं के दिन होती हैं, और वह इन ऋतुओं में जागते हैं, लेकिन वर्षा, शरद और हेमन्त उनकी रातें होती हैं, तब देवता सोए रहते हैं। मुझे लगता है सारी ज़िन्दगी जो सोचती रही, लिखती रही, वह देवताओं को जगाने का एक यत्न था, उन देवताओं को, जो इन्सान के भीतर सो गए हैं···"

मेरी इस तक़रीर को कुछ ही दिन हुए थे कि एक अजीब ख़तरा सर पर मँडराने लगा। कुछ दोस्त लोग थे, जिन्होंने मेरी तक़रीर को सुना था, कहने लगे, "आपने तो देवताओं को जगाने की बात की, लेकिन उनकी जगह राक्षस जाग गए···"

मैंने तड़प कर कहा, "लेकिन कोई राक्षस मेरे भीतर से तो नहीं जगा, मेरे भीतर से तो जब भी जगेंगे देवता ही जगेंगे···"

बाहर जो आसुरी शक्तियाँ जाग रही थीं, उनके कुछ आसार गए साल से दिख रहे थे, जब ज्ञानपीठ एवार्ड की बात सामने आई थी, और बम्बई में गुजराती ज़बान के शायर सुरेश दलाल जी ने एक बहुत बड़ा समागम किया था, जिसमें मेरी कितनी ही नज़्में गुजराती में तर्जुमा हुई थीं, और मंच के कलाकारों की ज़बान से वहाँ समागम में पेश की गई थीं, और वहीं पता चला था कि बम्बई में जो पंजाबी के साहित्यकार थे, उन्होंने उस समागम में शरीक होना मुनासिब नहीं समझा था, उनको बुलाया गया था, लेकिन उनका आने का मन नहीं हुआ···

और फिर उसी साल जालंधर में जब पंजाबी के एक शायर मीशा ने बहुत बड़ा समागम किया था, तो जालंधर के कुछ साहित्यकार थे, जो उसमें शरीक नहीं हुए थे और उन्होंने मेरी कुछ नज़्मों को लेकर मुख़ालफ़त की बाक़ायदा एक लड़ी शुरू कर दी थी कि मेरी नज़्मों में धर्म की तौहीन की गई है···

अब 1983 में 7 मई के दिन जब शिरोमणि गुरुद्वारा प्रबंधक कमेटी का एक नोटिस मिला कि मैंने जो नज़्में गुरु नानक के जन्म पर, उनकी माता तृप्ता जी के नौ सपनों की सूरत में लिखी हैं—उनसे धर्म की तौहीन हुई है, और इसलिए मुझ पर फ़ौजदारी मुक़द्दमा दायर किया जाएगा···

ये क़यामत के दिन थे···

मैं तड़पकर रह गई, होंठों पर एक ही नाम आता था, अपने नानक का, और मैं कहती, "मैंने तुम्हें देखा नहीं, पर जो लिखा, तेरे प्यार में लिखा, फिर मेरी अक़ीदत मेरा गुनाह कैसे बन गई ? मैं तुम्हें देखना चाहती हूँ, साक्षात देखना चाहती हूँ···"

और 14 मई की रात थी, जब मुझे एक ऐसी रोशनी दिखाई दी कि मेरा रोम-रोम भीग गया । साथ ही आवाज़ सुनाई दी, "तू देखना चाहती थी, देख लिया ?"

दूसरे रोज़ यह सब इमरोज़ को सुनाया, तो वह एक तस्कीन से भरकर बोले, "अब कुछ नहीं होगा, तेरा सपना ग़लत नहीं हो सकता, एक शक्ति ने अपना दीदार दिया है, वह तेरे साथ रहेगी···"

मैंने तड़पकर कितनी ही नज़्में लिखीं, उनमें से एक नज़्म थी—

मेरा सूरज बादलों के महल में सोया हुआ है
वहाँ कोई खिड़की नहीं, दरवाज़ा नहीं, सीढ़ी भी नहीं
और सदियों के हाथों ने जो पगडंडी बनाई है
वह मेरे पैरों के लिए बहुत सँकरी है···

इमरोज़ बार-बार कहते, "देखो, जनवरी का महीना था, जब तूने देखा कि आसमान पर बादलों के कम्बल में लिपटा हुआ एक बच्चा सो रहा है···और फिर फ़रवरी के आख़री हफ़्ते में तेरे सपने की तसदीक़ कर दी । अलका हामला हो गई है, और जो बच्चा तूने बादलों के कम्बलों में लिपटा हुआ देखा था, वह अब इसी साल तेरी और मेरी गोद में होगा···"

ये यक़ीन दिलाते कि गुरु नानक ने तेरे सपने में आकर अपने अस्तित्व का सबूत दिया है, अब उसके नाम पर कुफ़्र तौलने वाले कुछ नहीं बिगाड़ सकते···

और यह हुआ । अचानक अख़बार में एक बयान पढ़ा, तब लोंगोवाल ज़िन्दा थे, और जो हुआ था, उनकी जानकारी से नहीं हुआ था, अब उन्हीं का बयान था कि ये तो जालंधर के कुछ साहित्यकार थे, जो अमृता से हसद करते थे, और उन्होंने गुरुद्वारा कमेटी के नाम को इस्तेमाल करना चाहा । हम लोग कुछ नहीं करेंगे ।

यह जून का महीना था, इत्मीनान की साँस आई, तो मैं फ्रांस के दावतनामे पर फ्रांस चली गई, लेकिन इत्मीनान की यह जाने कैसी इबारत थी, जिसके अक्षर फिर से टूटने और बिखरने लगे । वहाँ एक टूटी हुई सड़क पर पैर की चप्पल के अटक जाने से, छोटा-सा हादसा हुआ, लेकिन जब गिरकर उठने लगी, तो उठ नहीं पाई । किसी तरह पुलिस वैन की मदद से अस्पताल ले जाया गया, एक्स-रे हुआ, तो पता चला कि दाहिने कंधे की हड्डी एक सिरे से लेकर दूसरे सिरे तक टूट गई है···

बहुत दिन वहाँ होटल में पड़ी रही, और जब वापस हिन्दुस्तान में पहुँची, तो डॉक्टर यह उम्मीद नहीं दे रहे थे कि हड्डी फिर से जुड़ सकेगी···

जीते-जी हाथ से क़लम छूट जाएगी, यह अंजाम मैं सोच नहीं पा रही थी कि एक मोअजज़ा हुआ—पता चला कि एक सन्त रत्न सिंह जी हैं, जिन्हें एक फ़कीर की बख़्शिश है, और उनके हाथ लगाने से हड्डी जुड़ जाती है···

और यह चमत्कार मैंने देखा है। वह सन्त जी क़रीब डेढ़ महीना अपने हाथ से पट्टी करते रहे, और हड्डी जुड़ गई···

यह इत्मीनान की एक नई इबारत थी, जिसे मैं कुछ हैरान-सी देख रही थी कि इबारत के अक्षर फिर से डोलने, हिलने और बिखरने लगे। तीन अक्तूबर की रात थी, जब मैंने सपने में एक इन्सान की भयानक सूरत देखी। हरी-पीली अमर बेल उसके सारे चेहरे पर लिपटी हुई थी, नीचे दोनों कंधों से लेकर पीठ तक। मैं ख़ौफ़ज़दा थी, उसकी ओर देख रही थी कि एक ग़ैबी आवाज़ आई, पेड़-पत्तों को खा जाने वाली इस बेल ने आज इन्सान को इस तरह अपने में लपेट लिया है कि अब उसे न आँखों से कुछ दिखाई देता है, न कानों से कुछ सुनाई देता है···

जागी तो मेरे पहले अल्फ़ाज़ थे—
अब कुछ बहुत बुरा होने वाला है···

इस साल के शुरू में जबलपुर यूनिवर्सिटी से डी०लिट्० की डिग्री मिली थी, और अब दिसंबर में विश्वभारती की ओर से मिलने वाली थी, इसलिए कलकत्ता जाना था, शांतिनिकेतन में। वहाँ गई, लेकिन वह सपना क़दम-क़दम मेरे साथ चलता रहा और जब डिग्री लेकर वापस आई, तो देखा वह सपना साक्षात होकर मेरे सामने खड़ा था···। मैं अपने सपनों के ब्योरे में नहीं जाऊँगी, क्योंकि अपने सब सपनों पर अलग से किताब लिख चुकी हूँ 'लाल धागे का रिश्ता', यहाँ सिर्फ़ इतना ही कहना होगा कि जिस तरह मेरे और सपने सच्चे हुए उसी तरह यह भयानक सपना भी सच हुआ···

हालात का तक़ाज़ा है कि मैं इस सपने की ताबीर में नहीं जा सकती, अभी ख़ामोशी को जीना होगा। अगर ज़िन्दा रही, हालात ने इजाज़त दी, तो इसी किताब के किसी नए संस्करण में इसकी बात कह पाऊँगी···

1984

मेरे भयानक सपने का संकेत मेरे लिए तो था ही, और भी जाने किस-किस ओर था कि सात मई के दिन कराची, पाकिस्तान से फ़ोन आया कि मेरी बहुत प्यारी दोस्त सारा

शगुफ़्ता ने 4 और 5 मई की रात आत्महत्या कर ली है···

"मैं तो हाथों से गिरी हुई दुआ हूँ," कहने वाली इस शायरा के बारे में बहुत तफ़सील में नहीं जाऊँगी, क्योंकि उसकी शायरी और ज़िन्दगी पर मैं तफ़सील से एक किताब लिख चुकी हूँ 'एक थी सारा'। यहाँ सिर्फ़ इतना कहना चाहूँगी कि 1983 में जब मेरे कंधे की हड्डी टूट गई थी, और मैं हाथ में क़लम नहीं ले सकती थी, और जब यह ख़बर सारा शगुफ़्ता तक पहुँची थी, तो उसका ख़त आया था, "मेरा बाज़ू काग़ज़ों पर टूटा पड़ा है। अमृता बाजी ! जब तक तेरा बाज़ू ठीक नहीं होगा, मैं अपने हाथ में क़लम नहीं पकड़ूँगी···" और ऐसी दोस्त का मेरी ज़िन्दगी से चले जाना, मुझे कहीं से बहुत ख़ाली कर गया···

एक वह थी, जो अपने लफ़्ज़ों की आबरू थी। उसने लिखा था—

"मैं आसमान बेचकर चाँद नहीं कमाती।"

—और अब वह नहीं थी···और मेरे गिर्द लफ़्ज़फ़रोशों की एक भीड़ थी···

मेरा वह सपना सचमुच बहुत भयानक था। मैं नहीं जानती कि उसकी भयानकता कितने बरस लम्बी होगी। उसका संकेत देश के हालात की ओर भी था, जिसकी सूरत इंदिराजी के क़त्ल में भी नज़र आई, और फिर दिल्ली में कितने ही लोगों को ज़िन्दा जलाए जाने की सूरत में भी···

सात बरस होने को आए। ख़ून में भीगी हुई अख़बारों की सुर्ख़ियाँ, आज भी ख़ून में भीगी हुई हैं। 1986 में मुझे राज्य-सभा में नामज़द किया गया, लेकिन मेरे हाथों से कुछ भी तो नहीं हो पा रहा है, मेरे देश की इबारत अक्षर-अक्षर टूटती-बिखरती जा रही है···

एक इबारत वह होती है, जो बाहर की घटनाएँ ज़िन्दगी के काग़ज़ पर लिखती है, लेकिन एक इबारत वह होती है, जो इन्सान का अन्तरमन, आत्मा के काग़ज़ पर लिखता है···

ज़ेहनी और रूहानी विकास एक लम्बा सिलसिला होता है, घर-परिवार चेतना के विकास की ज़मीन बनता है, इसी ज़मीन पर संस्कारों के पेड़ पनपते हैं और इन्हीं पेड़ों में घिरी हुई चेतना की ज़मीन पर अन्तरमन की एक झील बहती है, जो बाहर से दिखाई नहीं देती। वह पेड़ों पर से झड़ते बौर-पत्तों से ढँकी रहती है लेकिन कभी-कभी जाने कैसी पवन बहती है कि उसके ज़ोर से वे बौर-पत्ते एक ओर सरक जाते हैं, और उस वक़्त शफ़्फ़ाफ़ पानी में आसमान के चाँद-सितारे उतर आते हैं···

इसी अन्तरमन की झील में, इन्हीं चाँद-तारों का दर्शन, अपने अन्तर के देवताओं को जगाना है, और इसी अनुभव को मैंने जितना भर पाया है, यहाँ उसका ब्योरा नहीं दूँगी,

क्योंकि वह मैं अपनी दूसरी किताब 'लाल धागे का रिश्ता' में लिख चुकी हूँ, लेकिन थोड़ा-सा संकेत देना होगा कि 1984 के अगस्त महीने की 21 और 22 तारीख़ की रात थी। क़रीब तीन बजे थे, जब देखा कि कुछ लोग आए हैं, बिल्कुल अजनबी, और एक बीमार बच्चा मेरी गोद में रख देते हैं। बताया जाता है कि दूध या पानी का एक घूँट भी बच्चे के गले से नहीं उतर रहा। मैं हैरान-सी बच्चे की ओर देखती हूँ, तो वह तो मुस्कराने लगता है, मैं उसके कपड़े बदलती हूँ, बदन पोंछती हूँ, और उसे छाती से लगा लेती हूँ…

और फिर कुछ दिन के बाद पता चलता है कि अलका उम्मीदवारी से है। उनके यहाँ 24 मई, 1985 के दिन एक बेटे ने जन्म लिया, और जब मैंने उसे अस्पताल में जाकर देखा, तो उसे ऑक्सीजन लगी हुई थी। बच्चा जन्म से बीमार था, रात-रात-भर रोता था, और पूरे चार महीने हम लोग डॉक्टरों के रहमो-करम पर थे, लेकिन ठीक चार महीने के बाद बच्चा बिल्कुल तन्दुरुस्त होकर हँसने-खेलने लगा…

फिर 1985 में 23 नवंबर की सुबह थी, मैं और इमरोज़ दिल्ली से भुवनेश्वर जा रहे थे कि रास्ते में नींद के हलके से दबाव से मेरी आँखें बंद थीं। जब देखा, तो सामने वही भयानक आकृति थी, उसी इन्सान की, जिसके सर-कंधों को अमर बेल ने अपनी लपेट में ले लिया था, लेकिन पास ही गणेश जी की आकृति थी, जिनकी सूँड हिल रही थी, और देखा कि गणेश जी की सूँड ने दाईं ओर लपककर उस भयानक आकृति को अपनी लपेट में ले लिया है, जैसे अभी उसे तोड़ देना हो, मिटा देना हो…

मैंने अभी तक इस सपने की ताबीर नहीं देखी, लेकिन एक विश्वास बनता है कि जिस तरह बीमार बच्चे वाले सपने की मैंने ताबीर देखी है, इस दूसरे सपने की ताबीर यह होगी कि आज मेरा देश जाति और मज़हब के नाम पर जिस अमर बेल में लिपटा हुआ है, न आँखों से कुछ देख सकता है, न कानों से कुछ सुन सकता है, कोई दैवी शक्ति एक दिन उसको इस अमर बेल से मुक्त करेगी…

मैं दैवी शक्तियों को मानती हूँ, लेकिन इस विश्वास के साथ कि हम सबने अपने कर्म से और अपने चिन्तन से, उन्हें अपने भीतर से जगाना है…

1986

1986 के मार्च महीने में एक सरकारी कॉन्फ्रेंस हुई थी, जो अलग-अलग प्रांतों के चीफ मिनिस्टरों की थी। उसमें तीन-चार ग़ैरसरकारी लोग भी बुलाए गए थे, जिनमें एक मैं

थी । वहाँ जब मुझे कुछ बोलने के लिए कहा गया, तो जो बोली थी, उसके कुछ हर्ब थे—

"एक वक़्त था, जब केरल में जातिवाद की भयानकता को देखकर स्वामी विवेकानंद ने कहा था कि केरल भारत का पागलख़ाना है । आज मैं भरी आँखों से कहना चाहती हूँ कि हम हर प्रांत को भारत का पागलख़ाना बना रहे हैं···"

आख़ीर में ये भी कहा था—"हमारा इतिहास कहता है कि जब समुद्र-मन्थन किया गया, तो उससे चौदह रत्न मिले थे, लेकिन आज वक़्त की ज़रूरत है कि हम अपने-अपने मन-सागर का मंथन करें, और अपनी-अपनी आचरण शक्ति का रत्न खोज लें ।"

यह सब कहना मेरे लिए सहज मेरे मन की बात थी और मन की बात कहने का यह एक बहुत बड़ा मौक़ा था, जब हमारे देश के सब प्रांतों के चीफ़ मिनिस्टर बैठे थे ।

कुछ दिनों के बाद दस मई को प्राइम मिनिस्टर की सेक्रेटरी का फ़ोन आया कि आपको राज्यसभा में नामज़द करना है, आपको कोई एतराज़ तो नहीं ? उस वक़्त मैंने कहा था और एतराज़ कोई नहीं, पर सियासत के लिए मेरा बैंड ऑफ़ माइंड नहीं है ।

उस वक़्त सेक्रेटरी ने कहा—"वही तो हमें चाहिए । आप उस दिन चीफ़ मिनिस्टरों की मीटिंग में जो बोल गई थीं, उसका टेप राजीव जी ने बार-बार सुना और फ़ैसला किया है कि आपको नामज़द किया जाए ।"

राज्यसभा की मेम्बर होने का अरसा छः साल था, जिस दौरान मैंने जो सवाल उठाए थे, उनमें से दो-चार सवाल यहाँ दर्ज कर रही हूँ ।

'मैं सरकार की तवज्जो उस तरफ़ दिलाना चाहती हूँ, जहाँ अदब और तहज़ीब के नाम पर एक अलग तरह का कमर्शियलाइज़ेशन शुरू हो गया है कि सरकार से ज़मीन भी ली जाती है, पैसा भी, और उसे तरह-तरह की आमदनी का वसीला बना लिया जाता है । यह सब अदब और तहज़ीब के नाम पर होने लग गया है, लेकिन इस मक़सद के लिए यह सब शुरू हुआ था, क्या फिर कभी सरकार ने देखा कि उस मक़सद का क्या हुआ ? यह देखना तो दरकिनार रहा, आगे के लिए भी कोई नज़रसानी न रही । उसी तरह ज़मीनें दी जा रही हैं, और कैसे एक नई इज़ारेदारी शुरू हो गई है, मैं सरकार की तवज्जो इस तरफ़ दिलाना चाहती हूँ ।'

16.11.1987

1988 के शुरू में असम गई थी । बरपेटा के लेखिका सम्मेलन में शामिल होने के लिए । पता चला कि वहाँ के वैष्णव मठ में औरतों के दाख़िले पर पाबन्दी है, औरतें परिक्रमा में बैठी रहती हैं, लेकिन अंदर कृष्ण स्थान पर पाँच सौ साल से जोत जल रही है, उस दरवाज़े के भीतर औरत के जाने पर पाबंदी है । मठ के बाहर इस पाबंदी की

सूचना लिखी हुई मिलती है ।

मैंने वहाँ जाकर देखना चाहा, पार्लियामेंट की मेम्बर थी, इसलिए पुलिस साथ दी गई, मेरी हिफ़ाज़त के लिए, और मठ के पंडितजी ने पुलिस को देखकर कुछ अहमियत समझी और मेरे पास आकर कहने लगे, "मैं आपके लिए लोहे का दरवाज़ा खोल देता हूँ, आप ज्योति दर्शन कर लीजिए, लेकिन भीतर नहीं जाना होगा ।"

मैंने लोहे के दरवाज़े के पास खड़े होकर पंडितजी से कहा, "अरे, कृष्ण अंदर हैं, और राधा बाहर खड़ी है, यह कैसे हो गया पंडितजी ? राधा तो कृष्ण की महाचेतना है, उसके बग़ैर अकेले कृष्ण क्या करते होंगे ।"

पंडित जी हैरान होकर मेरी ओर देखने लग गए, और पुलिस आफ़िसर अपनी हँसी को होंठों में दबाने लगे ।

ख़ैर, मेरे कहने से क्या होना था, पता चला कि कभी वहाँ गांधी जी भी गए थे, और ऐसी पाबंदी को हटाने के लिए उन्होंने बहुत कुछ कहा था, पर कुछ नहीं हुआ ।

दूसरे रोज़ असमी लेखिकाएँ एक मेमोरेंडम लेकर मठ में गईं, इस पाबंदी को हटवाने के लिए और उनकी जो तस्वीरें अख़बारों में छपीं, मैंने वो सब कतरनें सँभाल लीं, और अपनी दोस्त इंदिरा गोस्वामी को कह कर मठ के बाहर लगी मनाही की सूचना वाली तख़्ती की तस्वीर भी ले ली ।

ये सब सवाल पेश हुए मैंने पार्लियामेंट में एक सवाल उठाया, कहा था कि आठ मार्च को मनाए गए अंतर्राष्ट्रीय दिवस की रोशनी में कहना चाहती हूँ कि ये दिन महज़ एक रस्म न बन जाए, इसलिए कुछ बुनियादी कदम उठाए जाएँ । औरतों पर ऐसी पाबंदियाँ, हमारे जम्हूरियत के निज़ाम पर बहुत बड़ा इल्ज़ाम है ।"

28.3.1988

"हमारी संस्थाएँ किसी प्रोजेक्ट को लेकर जब शायरों और साहित्यकारों को कोई कॉन्ट्रेक्ट देती हैं, तो एक तारीख़ मुकर्रर की जाती है, डैड लाइन डेट, काम की तैयारी के लिए, लेकिन जब काम तैयार हो जाता है, ठीक वक़्त पर, तो उनकी मेहनत कई-कई साल दफ़्तरों की फ़ाइलों में पड़ी रहती है । कहना चाहती हूँ कि अगर एक पक्का अरसा साहित्यकारों के लिए मुकर्रर हो सकता है, तो काम की इम्पलीमेंट के लिए एक पक्का अरसा सरकारी अदारों के लिए क्यों मुकर्रर नहीं होता ?'

"कई बार ऐसा भी होता है कि प्रोजेक्ट बदल जाता है या कई वर्षों के लिए मुलतवी हो जाता है, तो उस हालत में काम करने वालों की उजरत भी मुलतवी हो जाती है, और प्रोजेक्ट के बदल जाने से लेखकों के क़लमी नुस्ख़े भी फ़ाइलों में खो जाते हैं··· कुछ पक्के

हवालों की बुनियाद पर मैं ये सवाल उठाती हूँ कि एकतरफ़ा क़ानून को दोतरफ़ा क़ानून बनाने की ओर तवज्जो दी जाए ।"

8.10.1988

"हम सभी जानते हैं कि इन्सान और इन्साफ़ के दरमियान एक लम्बा फ़ासला है, जिसे तय करते हुए लोगों की ज़िन्दगी के जाने कितने साल और उनकी कितनी कमाई बर्बाद हो जाती है ।"

"हिन्दू मैरिज एक्ट में एक पहलू यह रखा जाता है कि दोनों तरफ़ के लोगों को बैठाकर सुलहनामे की बात की जाती है, लेकिन यह रास्ता सिर्फ़ वहाँ लागू होता है, जहाँ ब्याह-शादी के झगड़े की बात होती है, लेकिन ज़िन्दगी के और किसी झगड़े पर लागू नहीं होती । कहना चाहती हूँ कि एक स्क्रीनिंग सैल हो सकता है, जो दोनों तरफ़ के काग़ज़ात का मुआयना करे, तो एक तिहाई मुक़द्दमे वो होंगे, जो बेबुनियाद होते हैं, और दाख़िल दफ़्तर नहीं किए जाने चाहिए । बाक़ी दो तिहाई जो बचते हैं, उनमें से एक तिहाई ज़रूर वो होंगे जिनका फ़ैसला दो-तीन बार की सुनवाई में हो सकता है । सिर्फ़ एक तिहाई मुक़द्दमे बचेंगे, जो ट्रायल के क़ाबिल समझे जा सकते हैं ।"

"स्क्रीनिंग सैल में ईमानदारी की शोहरत हासिल कर चुके रिटायर्ड जज हो सकते हैं, साथ तजुर्बेकार ऐडीशनल डिस्ट्रिक्ट जज हो सकते हैं, और इस तरह स्क्रीनिंग सैल का चुनाव—चीफ़ जस्टिस, रजिस्ट्रार, बार के प्रेज़िडैन्ट, सेक्रेटरी, लॉ मिनिस्टर, डिस्ट्रिक्ट जज और सरकार की तरफ़ से नामज़द किए गए लोग मिलकर इलेक्शन से कर सकते हैं ।"

यह लाखों लोगों की दुखती रगों का सवाल है, जहाँ साधारण इन्सान के लिए इन्साफ़ का सपना ले पाना भी वर्जित हो चुका है ।"

(इस सवाल की तैयारी में जस्टिस के०पी० वर्मा ने ज़ाती तौर पर मेरी मदद की थी ।)

27.4.89

तारीख़ याद नहीं, पर एक दिन मैंने यह भी कहा था कि मध्यप्रदेश की एक कहावत होती थी—पहली पूरी डाकू की, दूसरी पूरी पुलिस की, तीसरी बचे तो ख़ुद खा लेना । आज इस कहावत जैसी हालत सारे पंजाब की है, जहाँ लोगों ने पहली रोटी ज़ोरावरों के लिए बनानी होती है, दूसरी पुलिस के लिए, और फिर तीसरी रोटी बच जाए, तो ख़ुद खानी होती है ।

इसी तरह एक दिन यह भी कहा था कि देश को आज़ाद हुए चालीस बरसों से

ज़्यादा हो गए हैं, क्या सरकार इन बरसों में पिछड़ी जातियों के लोगों को तालीम देकर मेन स्ट्रीम में नहीं ला सकती थी ? अब उनके लिए अलग से नौकरियाँ रखना क्या उनके माथे पर हमेशा के लिए लिख देना नहीं है कि वे पिछड़ी हुई जातियों के लोग हैं ?

इस सिलसिले में एक बात याद आती है कि पंजाब के दस साला स्याह दौर को सामने रखकर जब मैंने 1980 से 1990 तक की चौबीस कहानीकारों की अच्छी कहानियाँ लेकर एक किताब का संपादन किया था, तो किताब को नाम दिया था—'एक उदास किताब', तो विकास पब्लिशिंग हाउस ने अपनी इस प्रकाशित की गई पुस्तक का रिलीज़ जैलसिंह जी के हाथों करवाया था।

उस वक़्त जैलसिंह जी ने अपनी तक़रीर में मेरी तरफ़ देखते हुए यह भी कहा था, "देखिए, इस लड़की को मैं राज्य-सभा में लाया था और यह आज तक मेरा शुक्रिया करने के लिए नहीं आई, जबकि इंदिरा गांधी का शुक्रिया अदा करने चली गई थी।"

मैंने सुना और हँस दी। कुछ नहीं कहा। देखा कि जैलसिंह जी को साल-संवत कुछ याद भी नहीं रहते। जबकि यह वाक़या इंदिराजी की ज़िन्दगी के समय का नहीं था। इंदिराजी से दो वर्ष बाद का था, और यह भी कि मेरे नामज़द किए जाने का चुनाव राजीव गांधी ने किया था, जैलसिंह जी ने नहीं। ये भी जानती थी कि जैलसिंह जी मेरी जगह किसी और को नामज़द करना चाहते थे, लेकिन राजीव गांधी के चुनाव पर उन्हें दस्तख़त करने पड़े थे।

यात्रा

गंगाजल से लेकर वोदका तक यह सफ़रनामा है मेरी प्यास का। इस मन के सफ़र का ज़िक्र करते हुए कई देशों के सफ़र का ज़िक्र भी उसमें शामिल है। पर इन सुंदर स्मृतियों का आरंभ जिस दिन हुआ था, वह दिन मेरे उदास दिनों की एक भयानक स्मृति है, जैसे भोर होने से पहले रात और काली हो जाती है। उन दिनों मैं दिल्ली रेडियो में नौकरी करती थी। एक शाम दफ़्तर के कमरे में बैठी हुई थी कि सज्जाद ज़हीर मिलने आए। कुछ देर दुविधा में चुप रहे, फिर संकोच-भरे शब्दों में कहने लगे, 'भारतीय लेखकों का एक डेलीगेशन सोवियत-रूस जा रहा है। मैं चाहता हूँ आप भी इस डेलीगेशन में हों। कल मीटिंग में किसी भाषा के किसी लेखक ने आपके नाम का एतराज़ नहीं किया, पर पंजाबी लेखकों ने सख़्त एतराज़ किया है....' और उन्होंने और भी संकोच-भरे शब्दों में बताया, 'वे कहते हैं, अगर अमृता डेलीगेशन में होगी, तो हमारी पत्नियाँ हमें

डेलीगेशन के साथ नहीं जाने देंगी । मैं अजीब मुश्किल में पड़ गया हूँ ।'

उस दिन जब सज्जाद ज़हीर ने अपनी यह मुश्किल बताकर कहा कि अगर मैं उनकी कमेटी के नाम एक चिट्ठी लिख दूँ कि मैं डेलीगेशन में जाना चाहती हूँ, तो वह कमेटी की ऊपर के स्तर की मीटिंग में यह चिट्ठी रखकर मेरे जाने का फ़ैसला कर लेंगे, और तब मैंने उन्हें जवाब दिया था, 'आपने यूँ ही आने की तकलीफ़ की । आपने यह कैसे सोच लिया कि मैं किसी डेलीगेशन के साथ जाना चाहूँगी । मैंने अपने मन में सोच लिया है कि मैं जब भी किसी देश जाऊँगी, अकेली जाऊँगी । सोवियत रूस को अगर मेरी ज़रूरत होगी, तो मुझे अकेली को बुलवा भेजेंगे, नहीं तो नहीं सही ।'

1960 में मास्को राइटर्स यूनियन की ओर से मुझे अकेली को बुलावा आया और अप्रैल, 1961 में मैं ताशकंद, तजाकिस्तान, मास्को और अज़रबैजान गई ।

फिर 1966 में बल्गारिया ने मुझे अकेली को बुलावा दिया था, और मैं बल्गारिया और मास्को गई थी ।

उसी वर्ष के अंत में जार्जिया के कवि शोता रुस्तावैली का आठ सौ साला जश्न मनाया गया था, जिसके लिए मैं 1966 में फिर मास्को, जार्जिया और आर्मीनिया गई थी, अकेली ।

1967 में हमारी सरकार ने कल्चरल एक्सचेंज में मुझे यूगोस्लाविया, हंगरी और रोमानिया भेजा था, हर मुल्क में तीन-तीन हफ़्ते के लिए, और वहाँ बल्गारिया ने अपने ख़र्चे पर मुझे अपने देश बुला लिया था, और वेस्ट जर्मनी ने अपने ख़र्चे पर अपने देश, और वापसी में तेहरान ने कुछ दिनों का बुलावा दे दिया था ।

1969 में नेपाल में अपनी इंडियन एम्बेसी के निमंत्रण पर वहाँ गई थी, और 1972 में यूगोस्लाविया की विशेष माँग पर हमारी भारतीय सरकार ने कल्चरल एक्सचेंज के सिलसिले में मुझे तीन देशों में तीन-तीन हफ़्ते के लिए भेजा था—यूगोस्लाविया, चेकोस्लोवाकिया और फ्रांस, जहाँ से अपने ख़र्च पर मैं लंदन और इटली भी गई थी । वापसी पर इजिप्ट ने काहिरा में एक हफ़्ते का इन्विटेशन दे दिया, सो लौटते समय वहाँ भी गई ।

और उसके बाद 1973 में 'विश्व शांति कांग्रेस' के अवसर पर मास्को गई थी, और 1976 में मॉरिशस । 1977 में बल्गारिया, 1980 में फिर बल्गारिया, 1983 में बल्गारिया और फ्रांस, 1985 में फ्रांस के प्राइम मिनिस्टर के निमंत्रण पर फ़िर फ्रांस, 1985 में ही ओसलो (नार्वे), 1986 में यूनेस्को कान्फ्रेंस के लिए फिर फ्रांस, और 1987 में हथियारबंदी के ख़िलाफ़ हो रही कान्फ्रेंस के लिए मास्को ।

बाद में अमरीका, जर्मनी और लंदन से इन्विटेशन आए, टिकटें भी, पर गिरती हुई

सेहत से अब मुझसे सफ़र नहीं हो पा रहा था।

यूनेस्को कान्फ्रेंस की एक घटना का ज़िक्र करना चाहती हूँ 'जहाँ अलग-अलग देशों से एक-एक डेलीगेट था। भारत की ओर से मैं अकेली थी। कान्फ्रेंस का मक़सद था, 'साइंस एंड रिलीजन शुड गो टुगैदर'।

ढाई दिन की इस कान्फ्रेंस के एक सेशन की मैंने सदारत भी की थी। एक और सैशन में अपना पेपर भी पढ़ा और जब आख़री सैशन में कान्फ्रेंस की कार्यवाही का सार लिखा जा रहा था, उस वक़्त मैंने खड़े होकर एक गुज़ारिश की थी कि मज़हब लफ़्ज़ को बदलकर धर्म कर दिया जाए, यानी रूहानियत। और इस कान्फ्रेंस का मक़सद इन लफ़्ज़ों में सामने रखा जाए—'साइंस एंड स्प्रिचुएलिटी शुड गो टुगैदर।' और इसका तर्क दिया था कि रूहानियत एक होती है लेकिन मज़हब कई होते हैं। मज़हब असल में रूहानियत की संस्थाई सूरत होते हैं—रिलीजन इज़ द इंस्टीट्यूशनलाइज़ेशन ऑफ़ स्प्रिचुएलिटी। इसलिए मज़हब लफ़्ज़ से प्रश्न उठते हैं—कौन-सा मज़हब ? लेकिन रूहानियत लफ़्ज़ हर प्रश्न से मुक्त होता है।

उस वक़्त मुझे एक गहरी तसल्ली का एहसास हुआ कि मेरे इस कहने के बाद अरब देश का एक डेलीगेट उठा, मेरी बात की ताईद करने के लिए। उसके लफ़्ज़ थे—"हम लोग दुनिया में सबसे बड़े मज़हबपरस्त माने जाते हैं, इसलिए मैं कह रहा हूँ कि मैडम ठीक कहती हैं। हर मज़हब आपस में टकराता है, इसके नाम से कई ख़ून होते हैं, इसलिए रूहानियत लफ़्ज़ ठीक रहेगा।"

और कान्फ्रेंस की अगुवाई करने वालों ने मेरी गुज़ारिश मानकर आख़री पेपर लिखा था—'साइंस एंड स्प्रिचुएलिटी शुड गो टुगैदर।'

क़रीब एक महीने के बाद कान्फ्रेंस वालों की मुझे चिट्ठी आई, मेरे सुझाव का शुक्रिया क़रने के लिए।

मौलवी की मस्जिद से लेकर पेरिस तक

मेरी जिज्ञासा मेरा हाथ पकड़कर खुद आगे-आगे चलती मुझे कहाँ-कहाँ ले जाती है, यह एक लम्बा सिलसिला है, पर बात इमरोज़ की करने लगी हूँ, जो हँसता हुआ मेरे साथ चल देता है।

पहले एक अल्लाह वाले की बात सुना दूँ—कहते हैं कि एक दरवेश होता था, गाँव से बाहर किसी पेड़ की छाया तले बैठा रहता। आते-जाते लोग उसे अज़मत वाला कहते

और कुछ फल-फूल दे जाते । फिर एक बार गाँव में हाय-तोबा होने लगी । किसी कुँआरी लड़की के घर में बच्चा हो गया था, और घर वालों ने लड़की को मजबूर कर दिया कि बोल, यह बच्चा किस नामुराद का है ? डरती-काँपती लड़की ने उस दरवेश का नाम ले दिया, तो उसके बाप-भाई बच्चे को उठाकर गाँव से बाहर बैठे दरवेश के पास आए, और गालियाँ निकालते हुए, वह बच्चा दरवेश की गोदी में पटक दिया, कहने लगे—यह तेरा है, तू ही सँभाल !

उस अल्लाह वाले ने सिर्फ़ इतना ही कहा—अच्छा ! मेरा है, और बच्चे को गोद में ले लिया ।

अब आते-जाते लोग भी लानतें देने लगे थे । बच्चा भूख से रोने लगा, तब दरवेश ने बच्चे को उठाकर गाँव का हर दरवाज़ा खटखटाया, बच्चे के दूध के लिए । पर लोग उसे देखते, और घर का दरवाज़ा बंद कर लेते । इस तरह दरवाज़े खटखटाते हुए, वह दरवाज़ा भी खटखटाया, जिस घर में बच्चे की कुँआरी माँ क़ैद की हुई थी । बच्चे का रोना घर की दीवारों को भी पार कर रहा था । माँ ने सुना, तो दरवाज़ा तोड़कर बाहर आ गई, और दरवेश से बच्चा लेकर उसे दूध पिलाने लगी । साथ ही दरवेश के पैरों पर गिर पड़ी—साईं ! मुझे माफ़ कर दे । मैंने तेरा झूठा नाम लिया था । घर वालों ने देखा, दरवेश से शर्मिन्दा हुए । कहने लगे—नहीं साईं, यह तेरा नहीं, और उस अल्लाह वाले ने सिर्फ़ इतना कहा—अच्छा, मेरा नहीं···और बच्चा देकर आगे चल दिया···

पता नहीं इमरोज़ ने वह अल्लाह वालों की चिनगारी कहाँ से पाई है । मैंने जब कहा—मैं कानून-मुक्त नहीं हूँ, तो उसने कहा—अच्छा ! और जब मैंने कहा—मैं कानून-मुक्त हूँ, तो उसने कहा—अच्छा ।

मेरी तलब ने जब कभी उसे कहा, कि एक मस्जिद में एक मौलवी की अज़्मत सुनी है, मैंने वहाँ जाना है, तो इमरोज़ ने कहा—चल ! और उसने मेरे साथ जाकर बहुत तंग गलियों में मुझे वह मस्जिद ढूँढ़ दी, और कीचड़ वाले रास्तों से गुज़र कर उसका घर तलाश दिया···और जब कभी मैं किसी इल्म वाले मौलवी या योगी को घर में बुला कर कोई मज़्मून लिखने लगती हूँ, तो इमरोज़ उनकी ख़ातिरदारी कर देता है, पर उन लोगों से बेनियाज़ होकर···

एक बार शहर में ज्योतिषियों की कान्फ्रेंस थी, इत्तफ़ाक से एक-दो को मेरे जन्मदिन का स्मरण था । इसलिए पाँच-छः ज्योतिषी मिलकर मेरे घर आ गए । चाय पी, दोपहर हो गई, तो रोटी खाई, और वह सारा दिन सियासत की चालों को सितारों की चाल के साथ जोड़कर बहस करते रहे । जब शाम हो गई, इमरोज़ ने फिर चाय बनवाई, तो सभी

बहस में थे कि शनि मंगल के घर में बैठा हुआ है, अमुक-अमुक ग्रह बृहस्पति से छठे चले गए हैं, अष्टम दृष्टि से मंगल देख रहा है। इमरोज़ उन्हें चाय और मिठाई देते हुए, कहने लगे, 'वह सारे अपने-अपने घर में क्यों नहीं बैठते, बेगाने घरों में किसलिए जाते हैं, अगर जाते हैं, तो दूसरे घरों को क्यों देखते रहते हैं...'

मुझे मेरे मन ने बहुत मुश्किल में डाल दिया, जब मैं राज्यसभा में थी, तो प्रेज़ीडेंट के या प्राइम मिनिस्टर के डिनर में, इमरोज़ का बाहर दो घंटे गाड़ी में बैठना मुझे बड़ा नागवार गुज़रता था, पर वह उसी तरह हँसकर कहता, 'तू मेरी रोटी गाड़ी में रख दे, मैं आराम से बाहर रोटी खाऊँगा और रजनीश पढ़ूँगा...'

एक बार पाकिस्तान से इमरोज़ के किसी बहुत पुराने दोस्त का ख़त आया, मोह में भीगा हुआ। इमरोज़ ने जवाब लिखा, तो यह भी लिखा कि अपने आसपास के अच्छे लोगों को मेरा सलाम कहना। कुछ दिनों बाद उसका जवाबी ख़त आया कि 'दोस्त, तेरा ख़त पढ़कर मैं आज सारा शहर घूमता रहा, पर मुझे एक भी वह इन्सान नहीं मिला, जिसे मैं तेरा सलाम कहता।...' और यह इमरोज़ है, जिसे जब मैं कहती हूँ, 'आज फिर तारीख़ पड़ी है, अदालत जाना होगा, सारा दिन वहाँ बैठना होगा', तो इमरोज़ कहता है, 'गाड़ी में रोटी और चाय रख लेते हैं, जब अदालत का लंच टाइम होगा, हम बाहर खुली जगह में किसी पेड़ के नीचे बैठकर पिकनिक करेंगे...'

एक बार मुझे सरकारी टिकट पर तीन मुल्कों में जाना था, अंतिम दिन पेरिस में होने थे, और मेरा मन चाहता था कि वहाँ इमरोज़ भी मेरे साथ हो। यह तो मैंने उसे मना लिया कि अमुक तारीख़ को वह टिकट लेकर पेरिस आ जाए, पर उसे यूरोप देखने का कोई शौक़ नहीं था। ख़ैर, वह पेरिस आ गया, मेरे दिन अच्छे हो गए। वहाँ पता लगा कि कोई वह फ़िल्म लगी हुई है, जिसमें किसी किरदार ने कोई कपड़ा बदन पर नहीं डाला। यह एक नया-सा तजुर्बा था। हम फ़िल्म देखने चले गए। कुछ देर बाद मैंने देखा, इमरोज़ सोया हुआ था। मैंने हँसकर उसे जगाया तो कहने लगा, 'मुझे फ़िल्म दिलचस्प नहीं लग रही। चल, होटल में जाकर आराम से सोते हैं...'

इमरोज़ एक दूधिया बादल है, चलने के लिए वह सारा आसमान भी खुद है, और वह पवन भी खुद है, जो उस बादल को दिशा-मुक्त करती है...

इमरोज़ को यह फ़िक्र नहीं कि यह दिशा किसी मौलवी की मस्जिद की ओर जाती है, या पार्लियामेंट की सीढ़ियों की ओर या अदालत के रास्ते की ओर, या पेरिस की गलियों की ओर। उसका वजूद एक दूधिया बादल है, जो अपने शक्ति-कणों से सघन होकर सारे आसमान में विचरता है...

1990

आज 1990 के सितंबर महीने में, 17 तारीख़ की प्रभात में देखा, सुबह की रोशनी फैल रही है, और रोज़ की तरह इमरोज़ और दोनों बच्चे—शिल्पी और अमान, घर के आँगन में पारिजात के फूल चुन रहे हैं···

मैं क़लम और काग़ज़ वहीं छोड़कर, नीचे आँगन में चली गई, और रोज़ की तरह, उनके साथ मिलकर फूल चुनने लगी···

मन में अपनी ही इबारत के अक्षर समाए हुए थे, इसलिए बच्चों को पारिजात की कहानी सुनाने लगी, 'देखो अमान, तुम अपने स्कूल में एक दिन कृष्ण बने थे, शिल्पी राधा बनी थी, तूने मोर के पंख तो लगा लिए, हाथ में बाँसुरी भी ले ली, लेकिन तुम नहीं जानते कि यह पारिजात का पेड़ तुम ही देवताओं की बाड़ी से लाए थे···'

अमान पूछ रहा है, 'मैं लाया था ? कैसे लाया था ?' मैं उसे बताती रही, 'जब तुम कृष्ण थे, और रुक्मिणी को ला रहे थे, तो एक पहाड़ी पर से बहुत प्यारी सुगंध आई। रुक्मिणी ने पूछा—ऐसी सुगंध तो धरती के किसी पेड़ से नहीं आती, फिर यह किन फूलों की सुगंधि है ?'

अमान फूलों की मुट्ठी भरकर उनकी सुगंधि लेने लगा···

मेरी कहानी आगे बढ़ी—उस वक़्त कृष्ण ने बताया कि यह पारिजात का पेड़ है, जो धरती पर नहीं है, यह सिर्फ़ देवताओं की बाड़ी में होता है, और उसी वक़्त शिल्पी ने कहा, 'मुझे वह पेड़ चाहिए···'

बीच में शिल्पी बोल उठी, 'अम्मा जी, मैंने नहीं कहा था···'

मैंने बताया, 'कहा था, तब तुम रुक्मिणी थी···'

शिल्पी अपने स्कूल में राधा बन चुकी थी, इसलिए कहने लगी, 'अम्मा जी, मैं राधा थी, रुक्मिणी नहीं थी···'

मैं हँस दी, 'हाँ, राधा भी थी, रुक्मिणी भी थी।' और फिर कृष्ण पारिजात का एक पेड़ देवताओं की बाड़ी से ले आए, और अपने घर के आँगन में लगा दिया···

शिल्पी फूलों को हाथ में लिए उन्हें ग़ौर से देखने लगी, तो मैंने कहा, 'देखो, इस छोटे से फूल में पत्तियाँ सफ़ेद रंग की होती हैं, और फूल की डंडी सुर्ख लाल रंग की···'

शिल्पी कहने लगी, 'यह फूल हमेशा दो रंग का होता है ?'

मैंने कहा, 'हाँ ! यह सफ़ेद रंग सत्त्व का रंग है और लाल रंग रजस का···'

इमरोज़ हँसने लगे, 'यह लो, अब इन्हें सत्त्व और रजस के मायने भी बताओ !'

इतने छोटे बच्चों को जो कहना था, बहुत सादा-सी ज़बान में कहना था, इसलिए कहा, 'शिल्पी, तुम हमेशा सच बोलती हो न, इसलिए यह सफ़ेद रंग तेरा है, और अमान हमेशा ताक़त की बात करता है, फ़ोन लेकर कभी जंगल के हाथी को फ़ोन करता है, कभी शेर को फ़ोन करता है, इसलिए सुर्ख़ रंग उसका है, ताक़त का…'

इमरोज़ हँस रहे थे, मैं कह रही थी, 'और इस फूल की जो सुगंधि है, वह महाचेतना है…'

जानती हूँ, मेरी इस कहानी का बहुत कुछ बच्चों की पकड़ में नहीं आ सकता था, लेकिन देखा, शिल्पी पास की सीढ़ी पर खड़े होकर पेड़ की एक शाखा को ज़ोर से हिलाने लगी, और नीचे जहाँ इमरोज़ थे, अमान था, मैं थी, वहाँ हमारे ऊपर फूल झड़ने लगे…

यह खेल मैं अक्सर शिल्पी और अमान से खेलती हूँ जब वे नीचे फूल चुन रहे होते हैं, तो मैं ऊपर से एक शाखा को हिला देती हूँ और उन दोनों के ऊपर फूल झड़ने लगते हैं। लेकिन आज मेरा यह खेल शिल्पी खेल रही थी, हँस रही थी, देखो, बाबाजी और अम्माजी के ऊपर फूल बरस रहे हैं…'

और मुझे अहसास हुआ, यह पारिजात की गाथा तो अभी बच्चों की पकड़ में नहीं आई, पर कहीं उनके अंतर में इस पेड़ के बीज उतर गए हैं…

वे जब बड़े होंगे—सत्त्व और रजस के अर्थ जान पाएँगे, तो महाचेतना का कुछ अर्थ भी उनकी पकड़ में आएगा…और यही अपने अंतर में सोए हुए देवताओं को जगाना है…

अवतार

अवतार मेरी एकमात्र दोस्त है, जब पहली बार 'रसीदी टिकट' छपी, तो उसे भेजते हुए, लिखा था—'तुम्हें तो सब पता है, पर देख, आज दुनिया को भी अपने ज़ख़्म दिखा दिए हैं।'

इस एक पंक्ति में उम्र के लंबे बरस बोलते हैं। उसकी उठती जवानी के दिन थे, जब मिली थी और आज तक बिछुड़ी नहीं।

'किरमची लकीरां' में 'एक पल का क़र्ज़ा' लिखते हुए मैंने लिखा था—'जिन दिनों नज़्म लिखी थी, 'दुखों का महूरत था, यह संयोग बली, मैं तो जन्म जली', तो दुनिया के सारे

चेहरे मेरे लिए अजनबी हो गए थे । उन दिनों अवतार का फ़ोन आया, 'मिलने के लिए आ सकती हूँ ?' तब मेरा जवाब था, 'नहीं'···एक ख़ामोशी छा गई थी । यही ख़ामोशी मैं चाहती थी, जिसमें कोई वाक़िफ़ आवाज़ न सुनाई दे···

आधा घंटा बीता था कि घर का पिछला दरवाज़ा किसी ने खटखटाया । उस समय पटेल नगर वाले घर का एक पिछला दरवाज़ा था, जो सर्विस लेन में खुलता था, और उधर से सिर्फ़ सफ़ाई करने वाला कोई आता था, या कोई सब्ज़ी बेचने वाला । मैंने दरवाज़ा खोला तो सामने अवतार खड़ी थी, जो हँसकर भीतर दाख़िल हुई, और कहने लगी, 'मैंने तेरा कहना रख लिया । तूने घर का अगला दरवाज़ा मेरे लिए बंद किया था, मैंने वह नहीं खटखटाया ।' यह अवतार है, जो किसी के दिल में, किसी भी दरवाज़े से गुज़र सकती है···

साहिर जब बीमार था, हार्ट अटैक हुआ था, वह अस्पताल में था, बम्बई, तो अवतार वहाँ अस्पताल चली गई थी । जाकर उसकी छाती पर सिर रखकर रो दी थी···मेरे पास आई, तो कहने लगी, 'गई थी, उसके सीने पर सिर रखा, तो लगा, यह मैं नहीं हूँ, तू है । मैं तेरी जगह गई थी, 'मैं' से 'तू' होकर ।'

वह जब बम्बई से कैनेडा चली गई, अपने डॉक्टर पति के साथ, तो बहुत देर के बाद वापस आई । घर आई, तो मैं और बच्चे मेज़ पर रोटी खा रहे थे । इमरोज़ बम्बई गया हुआ था । आते ही बच्चों को प्यार करके बोली, 'अंदर आ, अकेले, मैंने तेरे साथ एक बात करनी है···'

मैं उसे बैठक में ले आई, अकले में, तो वह कहने लगी, 'अरी, तूने अब इंद्रजीत को भी छोड़ दिया ?'

उन दिनों इमरोज़ को इंद्रजीत कहा जाता था, कई वर्ष पहले, जब अवतार यहाँ हुआ करती थी । बाद में इंद्रजीत ने अपना नाम इमरोज़ रख लिया था, जिसका अर्थ उसे बहुत पसंद था । इमरोज़ लफ़्ज़ फ़ारसी का है, जिसका अर्थ होता है—आज । बीते हुए कल से और आने वाले कल से मुक्त, पर यह बात अवतार को पता नहीं थी । मैंने उसकी परेशानी तो समझ ली, पर हँस दी, कहा, 'नहीं ।'

वह कहने लगी, 'मैं तो अमृतसर से सुनकर आई हूँ कि अब तूने इंद्रजीत को भी छोड़ दिया है, अब कोई मुसलमान है इमरोज़···'

और मुझे खींचकर अपने साथ लगाती हुई कहने लगी, 'मुझे तो कोई फ़र्क़ नहीं पड़ता । अगर तू ख़ुश है, तो मैं ख़ुश हूँ, पर लोग बहुत बातें बना रहे हैं···'

1992 में जब मुझे हार्ट अटैक हुआ, मैं अस्पताल में थी, तब अवतार कैनेडा से आई हुई थी । बहुत परेशान । वह रात को भी मेरे पास अस्पताल में रहती···

इस तरह के बहुत प्यारे और नाज़ुक पल जीने के लिए होते हैं, लिखने के लिए

नहीं, तो भी अब इतना और लिख दूँ कि शायद किसी को दोस्ती लफ़्ज़ की गहराई पकड़ में आ जाए, कि अब जब सारी दुनिया में 'मदर्स डे' मनाया जा रहा था, तो कैनेडा से उसका फ़ोन आया, 'मैं इसलिए फ़ोन कर रही हूँ कि तू मेरी माँ है, और मैं तेरी माँ हूँ···'

यह फ़ोन 'मदर्स डे' का जश्न था···

एक ख़बर

ख़बर सुनी। मैं हैरान वक़्त की ओर देखने लगी। शायद वह भी चुपचाप मेरी ओर देख रहा था कि यह ख़बर सुनकर मैं क्या कहूँगी...

जिसने ख़बर बताई थी, मैंने उसे सिर्फ़ इतना कहा, 'सोचा था, शांत मन, अपने शांत कमरे में बैठी, दुनिया से विदा लूँगी। ख़ून से लिपटी मौत मुझे अच्छी नहीं लगती, पर अगर कुदरत को वही मंज़ूर है, तो वही सही···'

ख़बर सुनी थी कि मुझे मरवा देने की साज़िश हो रही है। यह हवा में उड़ती-सी अफ़वाह नहीं थी, उसके कानों सुनी बात थी, जिसने बताया।

हलका-सा बुख़ार हो गया, जो लगभग तीन दिन रहा। एक इमरोज़ ही थे, जो मेरे मन को सँभालते रहे। मन सँभल गया था, पर कुछ दिनों का अंतराल डालकर अजीब सपना देखा, कि मैं मिट्टी के एक मकान में घिरी हुई हूँ। मकान की दीवारें भी मिट्टी की हैं, और दरवाज़े भी मिट्टी के, पर दरवाज़े इस तरह बंद हैं, जैसे दीवारों में दीवार हो गए हों। उस समय एक भयानक हँसी कानों में पड़ी, साथ ही भयानक सूरत देखी, इतनी भयानक कि क़यास में नहीं जा सकती। मैं दौड़कर दरवाज़े की ओर गई, पर दरवाज़ा बंद था। दूसरे दरवाज़े की ओर गई, वह भी बंद था, फिर एक और दरवाज़ा सामने आया, जो अचानक खुल गया, और मैं उससे निकलकर, बाहर सीढ़ियों की ओर बढ़ी कि वह सीढ़ियाँ उतरकर मैं इस मकान से शायद निकल जाऊँगी···ख़ौफ़ज़दा-सी ने पीछे देखा, ख़याल था कि वह भयानक सूरत मेरा पीछा कर रही होगी, पर वह नहीं थी। मैं जल्दी से उस मकान से निकलने की कोशिश कर रही थी, जिस समय नींद खुल गई···

इमरोज़ को सपना सुनाया, पर अब मैं ख़ौफ़ज़दा नहीं थी। स्वयं ही सपने की तशरीह की कि वह मिट्टी का मकान मेरी अपनी काया का प्रतीक है, और वह भयानक सूरत जो मुझे दिखाई दी, वह मेरे ख़ौफ़ की थी, मेरे भीतर पड़े हुए ख़ौफ़ की, और जब मैं उससे छूटने के लिए, बाहर की ओर बढ़ी, तो उसने मेरा पीछा नहीं किया। इस अपने ख़ौफ़ से मैंने स्वयं मुक्त होना है···चेतन सतह पर—सोच लेना शायद काफ़ी नहीं होता,

कोई अंश कहीं भीतर रह जाता है। कुछ ऐसा ही लगता है। सोच लिया था, अगर कुदरत चाहेगी, मुझे यही मंज़ूर होगा, पर एक उदासी-सी, जो दिखती नहीं थी, भीतर कहीं उतर गई थी। बुख़ार तो नहीं हुआ, पर एक दर्द-सा सारे बदन में होने लगा। कंधों में भी, पीठ में भी, और पैरों तक सारा बदन ऐंठने लगा···

15 अक्तूबर की रात थी—जिस समय एक जंगल में साईं को देखा। एक वृक्ष के नीचे बैठे थे। इर्द-गिर्द पाँच-छः लोग थे। मैं भी थी कि वे मेरी ओर इशारा कर किसी और को कहने लगे, यह मुझे रोज़ पारिजात के फूल देती है···'

यह ठीक था कि मेरे घर का पारिजात का पेड़, जब अगस्त के अंत से लेकर, अक्तूबर के अंत तक फूलों से भर जाता है, तो इमरोज़ एक बड़ी थाली फूलों की भरकर कमरे में ले आते हैं, और मैं फूलों को एक केसरी-से रंग के मिट्टी के बड़े से प्याले में डालकर साईं के आगे रख देती हूँ···

एक तस्कीन-सी हुई कि रोज़ जो फूल साईं को अर्पित करती हूँ, साईं जानते हैं, और इतने में साईं मेरी ओर देखकर कहने लगे, 'पारिजात के फूल उबालकर उसके पानी में आटा गूँधकर, रोटी खा ले।'

ये लफ़्ज़ थे, जब मैं जाग गई। मन सचमुच फूलों की तरह खिल रहा था, जब मैंने काका को फ़ोन किया, और बताया, रात को साईं एक नुस्ख़ा दे गए थे। उनका कहना था, वैद जी से या किसी से पूछने की ज़रूरत नहीं, अगर साईं कह गए हैं, तो वह एक बेमिसाल नुस्ख़ा है। आज से ही रोज़ फूलों के पानी की रोटी बनाकर खाया करूँ···

एक दिन और बीत गया, मैंने वैद जी को फ़ोन किया, पूछा, 'क्या पारिजात के फूलों को उबालकर उसके पानी से आटा गूँधकर रोटी खाई जा सकती है ?'

वैद जी ने कहा, 'अरे यह तो बहुत अच्छा नुस्ख़ा है, बदन की सारी पीड़ा दूर हो जाएगी। कभी बुख़ार भी नहीं होगा। हम लोग पारिजात के पेड़ के छिलके से कई दवाइयाँ बनाते हैं। नर्म पत्ते भी दवाइयों में डालते हैं, मिल जाएँ, तो फूल भी···' और वैद जी पूछने लगे, 'यह नुस्ख़ा किसने बताया ?'

मैं हँस दी, कहा, 'साईं बता गए, रात सपने में···'

वैद जी बहुत हैरान नहीं हुए, कहने लगे, 'वह आपको बता सकते हैं, आगे भी तो किसी ने स्वप्न में दवा दी थी आपको। आज से ही उस पानी की रोटी खाना शुरू कर दें !'

इतिहास और पुराण

ओशो ने इतिहास और पुराण की आत्मा को छूकर एक ब्योरा दिया है कि अगर आपने इतिहास में रहना है, तो अपनी आत्मा खो देनी पड़ेगी, क्योंकि आत्मा की कोई पूछ इतिहास में नहीं होती। दोज़ख़ का इतिहास लिखा जाता है, जन्नत का कोई इतिहास नहीं होता। इसीलिए पूरब के देशों के पास इतिहास नहीं। हमने कभी लिखना नहीं चाहा। लिखने के क़ाबिल नहीं माना। जो भी लिखने योग्य लगता था, वह सब फ़ालतू का था। जो लिखने योग्य था, वह नहीं लिखा जा सकता था।

इसलिए हमने पुराण लिखे, इतिहास नहीं। पुराण तत्त्व की बात है, सार की, इसलिए हमने बुद्ध के बारे में नहीं लिखा, बुद्धत्व के बारे में लिखा। ऐसी कहानी गढ़ी जिसमें बुद्धत्व आ जाए, तत्त्व आ जाए, सार आ जाए। इसीलिए पश्चिम के लोगों को शंका होती है कि बुद्ध हुए भी थे कि नहीं ? तीर्थंकर थे भी कि नहीं ? आप जैन मंदिरों में जाओ, चौबीस तीर्थंकरों की मूर्तियाँ मिलेंगी। कुछ फ़र्क़ पता नहीं चलेगा कि कौन सी मूर्ति किस तीर्थंकर की है। सारे एक ही तरह बैठे हैं, एक जैसे ध्यान में लीन। उनकी सूरतें ज़रूर अलग-अलग होंगी, चौबीस व्यक्ति थे, शक्लें अलग होंगी। एक ही शक्ल-सूरत के चौबीस कैसे हो सकते हैं। पहचान के लिए मूर्तियों के नीचे छोटे-छोटे निशान बना दिए गए हैं, कमल का फूल या कुछ और, नहीं तो चौबीस मूर्तियाँ एक जैसी हैं। पश्चिम का कहना है, यह ग़ैर-ऐतिहासिक बात है, क्योंकि चौबीस आदमी एक जैसी शक्ल-सूरत के नहीं हो सकते, एक जैसे क़द के, एक जैसी बनावट के···

हमें एक-एक तीर्थंकर की फ़िक्र नहीं, क्योंकि उन्होंने जो पाया, एक जैसा है। इसलिए एक ही मूर्ति बना दी। हर बुद्ध को एक ही घटना में समो दिया। सब अवतारों को एक अवतार में। सारतत्त्व को हमने सिद्धांत बना लिया। इतिहास की चिंता छोड़ दी, क्योंकि इतिहास घटनाओं की फ़िक्र करता है। हमने उसकी चिंता की, जो भीतर है। जो घटना नहीं, अस्तित्व है, इसलिए हमने पुराण रचा। पुराण का अर्थ है, सार-सुगंध इकट्ठी कर लेना। इसीलिए पुराण अनादि है, जो पहले हुआ, जो हो रहा है, जो आगे भी होगा। इतिहास का अर्थ है—जो हुआ, बीत गया। जो अब हो रहा है, उसके जैसा नहीं, जो आगे होगा, कुछ और होगा, इतिहास ग़ैर-ज़रूरी विस्तार है। पुराण आत्मा है, सारतत्त्व है···"

मेरे मन का ठीक यही आलम था, जब मैंने कहा, 'रसीदी टिकट' का कायाकल्प होना चाहिए। बहुत सारी घटनाएँ और नाम ग़ैर-ज़रूरी हैं। अगले सालों में उन हादसों से भी कहीं बड़े हादसे हुए। अभी भी हो रहे हैं, पर सारा विस्तार ग़ैर-ज़रूरी है। बात

स्याह ताक़त की है, जो यह सब कुछ करवाती है। अपनी किसी उदासी से मुझे इन्कार नहीं। इसीलिए मैंने एक वाक़या 'दरवेशों की मेहँदी' में लिखा था—14 मार्च, 1992 की रात, जब शिर्डी साईं ने सामने खड़ी हुई से पूछा था, 'तुम उदास क्यों हो ?'

और मैंने उस समय जवाब दिया था, 'क्या करूँ साईं ! मेरे चारों तरफ़ झूठ फैला हुआ है…'

शिर्डी साईं का साक्षात दर्शन, और सपने में भी उनके प्रश्न का यह उत्तर कि 'क्या करूँ साईं ! मेरे चारों तरफ़ झूठ फैला हुआ है' मुँह बोलता वाक़या है कि मेरे अंदर किस तरह का दर्द उतरा हुआ है, हर झूठ के हादसे में से गुज़रने का कि सपने में भी उसी की बात होंठों पर आई…

बात सारतत्त्व की है। वह दुखों का सारतत्त्व हो, या अंतर्चेतना का। इसलिए मैंने 'रसीदी टिकट' में बहुत से नाम-धाम छोड़ दिए हैं। दर्द की सूरत एक-सी होती है, आज कोई एक नाम वाला दुख दे रहा होता है, कल कोई दूसरे नाम वाला, इसलिए नामों की बात छोड़कर, एक दिन मैंने सारतत्त्व को पहचाना, स्याह ताकतों के सारतत्त्व को, और सभी नामों को हाथ से झटक कर, स्याह ताक़त की बात की, एक नज़्म में—

वह चाँद से रूठी हुई एक रात थी…
जब तारों के मस्तक में आग सरकती
तो उन्हें छाती से दूध देती
वह तारों को बदन से झटक देती
और उड़ते बवंडरों से गवाही माँगती
वह चाँद से रूठी एक रात थी…

वह रूह से रूठी हुई एक बात थी
जब उसकी छाती से एक शोर-सा उठता
वह छाती का लावा कागज़ पर बिछाती
फिर कागज़ को दीवार पर टाँग देती
और चौराहे की मिट्टी से गवाही माँगती
वह रूह से रूठी हुई एक बात थी…

वह अल्लाह से रूठी, अल्लाह की ज़ात थी
उसका मांस का बदन जब तड़प जाता
वह मर चुके हुस्न की अर्थी सजाती
ज़री का कफ़न बिछाती
वह मरघट की राख से गवाही माँगती
वह अल्लाह से रूठी, अल्लाह की ज़ात थी…

– *वेद में कायनाती शक्तियों की पूजा—*
प्रार्थना के साथ ऐसी प्रार्थना भी है—

'हे इंद्र ! मैं तेरी पूजा करता हूँ, तेरी प्रार्थना, अर्चना, तेरे लिए यज्ञ करता हूँ, तू कुछ ऐसा कर कि मेरे पड़ोसी की फ़सल उजड़ जाए। दुश्मन के खेत सूख जाएँ, जैसे बिजली गिरती है, इस तरह का कुछ हो, मेरा दुश्मन न रहे⋯' और इसकी बात करते हुए आज इमरोज़ मेरे इस 'रसीदी टिकट' को पढ़ते हुए कह रहे हैं, 'वेद की यह बातें थीं कि बुद्ध को मुश्किल आई, उसने कहा वेद का ज़िक्र न करो !'

महावीर को भी मुश्किल बनी, और बरकते ! मैं समझता हूँ कि तुझे भी यही मुश्किल है, पर जिस तरह वेद कोई धर्मग्रंथ नहीं, ज़िन्दगी भी कोई धर्मग्रंथ नहीं। वेद ने साधारण इन्सान की बात भी उसी सहजता से लिखी, जिस तरह परमात्मा के किसी तलबदार की बात लिखी। ज़िन्दगी में हर तरह के लोग हैं, हवन की आग से उठते धुएँ जैसे भी, और दुश्मनी की आग में तपते लोग भी, और तेरा सवाल बना रहता है कि वे लोग क्यों हैं ?

मैं इमरोज़ के चेहरे की ओर ऐसे देख रही थी जैसे कृष्ण को देख रही होऊँ। कृष्ण भी वेद से फ़िक्रमंद हुए थे, पर बुद्ध की तरह नहीं। कृष्ण ने वासनामय पूजा-पाठ से पार जाने की बात कही थी, और आज इमरोज़ भी ज़िन्दगी के स्वीकार के साथ कह रहे थे, 'अमृता, तूने इस उदासी के पार जाना है। जो होता है, होने दे ! क़त्ल भी होता है, तो होने दे, मैं तेरे साथ हूँ⋯'

पहले भी कई बार मैंने इमरोज़ की अडोलता को देखा था, और उसी के जलाल को देखते हुए पिघल गई थी, लिखा था, "आज मुझे इस नदी में उतरना है, और सभी प्रश्नों के पार जाना है⋯" और आज भी ऐसा हुआ है। कहीं भीतर से जानती हूँ कि इस अवस्था की मुराद को हाथ डालकर भी, मेरा हाथ हिल जाता है, और मुराद मेरे हाथों से फ़िसल जाती है, अपना आप मेरे हाथों से फ़िसल जाता है⋯

□□